dear+ novel
gosenzo sama wa kyuketsuki・・・・・・・・・

ご先祖様は吸血鬼

海野 幸

新書館ディアプラス文庫

ご先祖様は吸血鬼

contents

illustration : Ciel

ご先祖様は吸血鬼

GOSENZO SAMA WA
KYUKETSUKI

店の扉を開けた瞬間、冬の夜気に甘く温かい米の香りが広がった。

後を追う味噌汁の匂いに健太《けんた》はごくりと生唾《なまつば》を呑《の》む。そんな健太を振り返り、先に店の暖簾《のれん》をくぐった田口《たぐち》は「足より鼻が前に出てるぞ」と笑った。

都内のオフィス街からほど近い場所に建つ小さなビル。その一階に掲《かか》げられた看板には『米料亭　米田《よねだ》』と書かれている。他に店の看板が出ていないので、ビルの上階はどこかの会社のオフィスにでもなっているのだろう。

田口に続き、健太も恐る恐る暖簾をくぐる。照明を抑《おさ》えた店内は落ち着いた雰囲気だ。料亭と聞いて内心どぎまぎしていたのだが、さほど広くない店はむしろ割烹《かっぽう》と呼んだ方が近い。カウンターが五席に、二人掛けのテーブルが四席。席数は少ないが、通路を広めにとっているので狭苦しさは感じなかった。

カウンターの奥は調理場になっていて、コンロにずらりと並んだ土鍋が客の目を引く。全部で八つ、鍋肌に水を滴《したた》らせていたり、蒸気穴から盛んに湯気を立てていたり、蓋《ふた》を半分ずらして沈黙していたり、それぞれ違う表情でコンロにかかっている。

物珍しく店内を見回していると、すぐに店員がカウンター席に案内してくれた。

カウンターの奥では、白い調理服に調理帽をかぶった料理人が二人で料理を作っていた。カウンター席からだと調理を行う手元もよく見える。料理人のひとりが目の前を横切り、健太はその顔を目で追った。職人らしく寡黙《かもく》で精悍《せいかん》な横顔だ。

「とりあえず何か飲もう。今日はお前の就職祝いだ」

メニューを広げた田口に声をかけられ、ありがとうございます、と健太は深く頭を下げる。

「うちの研究室、お前以外はとっくに就活終わってたんだろ？　もう十一月も終わるってのに、こんな時期まで決まらなかったなんて意外だなぁ。お前はそつなく内定もらうかと思ってた」

「秋頃までバイトが辞められなかったんです。正社員にならないかって誘われて、迷ってちょっと就活がおろそかになりました」

「バイト、何やってたんだっけ？」

「小料理店だったんですけど、そこの賄《まかない》が信じられないくらい美味《うま》くて……」

「飯に釣られたか。お前らしいな」

呆れ顔で笑う田口は、健太の大学のＯＢだ。学年は健太よりひとつ上で、同じ研究室だったこともあり在学中はよく健太の世話を焼いてくれた。そして来春からは、健太の職場の先輩になる。

健太が内定をもらったのは都内の小さな冷凍食品会社だ。田口が就職していたから選んだわけでなく、片っ端から食品関係の会社を受けた中に田口の勤める会社もあったに過ぎない。

とりあえずウーロン茶を注文しようとすると、田口が眉を上げて止めてきた。

「お前酒飲めたよな？　遠慮しなくていいんだぞ？」

「遠慮じゃなくて、料理を食べるときは酒を飲まないようにしてるんです」

健太はきっぱりと宣言する。酒は嫌いではないのだが、飲むとどうしても舌が鈍《にぶ》る。安い居酒屋ならまだしも、そこそこ値の張る店では純粋に料理を楽しみたかった。

健太の言葉が耳に入ったのか、カウンターの向こうの料理人がちらりとこちらを見た気がした。声が大き過ぎたかと健太が口をつぐめば、隣で田口が肩を揺らして笑う。

「お前の飯に対する情熱は揺らぎねぇな。最終面接のときも、社長と人事部長の前でうちの商品こき下ろしたんだって？」

「こき下ろしたって……違いますよ！　冷凍エビ餃子《ぎょうざ》のことですよね？　味は他社より抜きん出てるけど、調理方法に難があるって言っただけです。『最後に何か質問は？』って訊かれたんで、一消費者として改良の余地はないのか訊いておきたくて」

「最終面接でそういうこと訊くか？　勤務体制とか訊くだろ、普通」

「そんなもん訊いたって、実際中で働き始めたら違うことなんてざらにあるじゃないですか」

だったら冷凍エビ餃子が改良されるか否《いな》かの方がよほど気になる。真顔で健太が言うと、田口は「ぶれねぇなぁ」とまた笑った。

「でも今日くらい飲んどけって。お祝いだろ？　それにひとりで飲んでも楽しくない」

最後のセリフが田口の本音らしい。おごってもらう立場の健太が我《が》を張るわけにもいかず、田口につき合い健太も日本酒を注文した。

田口はわざわざコースを予約しておいてくれたようで、間もなく前菜が運ばれてきた。先付けは薄く切ったラディッシュと人参《にんじん》、さっと揚《あ》げた蓮根《れんこん》などの季節の野菜にクリームを添えた盛り合わせだ。目にも鮮やかな前菜に顔を輝かせ、健太はいそいそと箸《はし》を取る。

野菜はどれも新鮮で歯触りがよかった。からりと揚げられた蓮根は程よく塩が効き、噛みしめると土にしっかりと根を張る根菜《こんさい》の力強い香りが口の中に広がる。

皿の端に添えられたクリームは、見た目はマヨネーズのようだが酸味が少なく、仄《ほの》かに甘い。マヨネーズに生クリームを混ぜただけとも思えず、健太はカウンターの向こうにいる料理人に声をかけた。

「あの、このクリームなんですか？」

顔を上げたのは、先程健太の声に反応してちらりとこちらを見た人物だ。

三十代の前半だろうか。唇を結んでにこりともしない、生真面目な職人然とした男性だ。仕事中に話しかけるなと叱られても不思議ではない風貌《ふうぼう》だったが、相手は低く落ち着いた声で「米のクリームです」と答えてくれた。

「お米ですか」

「うちは元々米屋なので」

田口に誘われるまま店に来た健太は、この店の来歴を全く知らない。田口に視線を向けると、すぐに携帯電話で店のホームページを見せてくれた。元は老舗《しにせ》の米屋で、近年ではインターネットで米の販売を始めたらしい。今は東京と名古屋に料亭を出しているそうだ。

「じゃあ、もしかしてそこに並んでる土鍋の中身、全部ご飯ですか？」

再び健太がカウンター越しに声をかけると、男は「ええ」と短く答えてコンロに向かう。

黙々と天ぷらを揚げるその後ろ姿を眺めていると、横から田口に袖《そで》を引かれた。

「おい、あんまり仕事の邪魔すんなって」

「邪魔でした？　カウンターのお店なんですから、少しくらい……」

「いや、あの人は駄目だろ。顔が怖い」

田口は限界まで潜《ひそ》めた声で健太を窘《たしな》める。人を見た目で判断するのはいかがなものかと思ったが、声をかけた相手が強面《こわもて》だったのは事実だ。

薄く切った人参にたっぷりと米のクリームをつけ、健太は愛想《あいそ》のない料理人の横顔を眺めた。

真一文字に結ばれた唇と鋭い目元は、いかにも冗談が通じなさそうだ。

（でも、美形だな）

がっしりした顎《あご》や鋭い一重《ひとえ》は少しばかり武骨な感も否めないが、鼻筋は高く、主張し過ぎない薄い唇も形が美しい。

醤油《しょうゆ》顔の美形、と健太は評する。それもじっくりと醸造《じょうぞう》され、大豆のうまみを凝縮《ぎょうしゅく》した、たまり醤油のような。

「美味《おい》しい」

目は男の横顔を追っていたはずなのに、口から飛び出たのは飲み込んだばかりの料理の感想だ。健太の人生で、食事より優先順位が高くなるものはそうそうない。

料理は次々運ばれてくる。前菜の次は一口サイズの手毬《てまり》寿司、続いてお造《つく》り。寿司屋でもないので新鮮なネタは期待していなかったのだが、魚はどれもみずみずしかった。いい意味で期待を裏切られ、健太は上機嫌で刺身のツマまで完食する。

饗《きょう》される日本酒が美味《うま》いのは、さすが米屋の面目躍如《めんもくやくじょ》と言ったところか。すっきりとした辛口で料理の邪魔にならない。むしろ舌先が冴えていくようで、どれに箸をつけても唸《うな》るような声しか出なくなった。

「ぐぅ、美味いです。これも……うぅ」

「なんで美味いのにそんな声出してんだ?」

「……口を開けるとせっかくの風味が逃げそうで」

「どれだけ食うことに全力投球なんだよ。お、鰤《ぶり》の煮つけきたぞ」

カウンターに鰤が置かれると、甘辛い醤油の香りがふわりと立ち昇って健太の目元がほどけた。こってりしたタレが絡《から》んだ柔らかな身を一口頬張れば、垂《た》れていた目尻が一層《いっそう》下がる。

「んー……。……」

「……いよいよ言葉も出なくなったか」

苦笑する田口に頷きだけ返し、また来よう、と健太は思う。

できれば次は昼時がいい。先程携帯電話でちらりとランチメニューを見たが、どれも実に美味そうだった。

とろっとろの親子丼に鯛《たい》の出汁《だし》茶漬け。黄金色《こがねいろ》の海老天ぷら。写真だけでも垂涎《すいぜん》ものだ。

コースの半《なか》ばで健太は再訪を誓う。次はランチだ。

最後は炊《た》き立ての白米、味噌汁、香《こう》の物《もの》が出てきて、健太はこらえきれず歓声を上げた。

「うっはー！　ピッカピカですね！　この米！　粒《つぶ》が総立ちしてる！」

「おい、お前声デカいよ……まさか酔ってる？」

うろたえ顔の田口を横目に口一杯の米を頬張り、健太は目頭《めがしら》を押さえた。最高に美味い。その上お代わり自由と聞いて、掻《か》き込《こ》むように一杯目を完食した。

「すみません、お代わりください」

フロアのスタッフを呼ぶ間も惜しく、カウンター越しに空《から》になった茶碗を突き出す。振り返ったのは、先程健太の質問に答えた目つきの鋭い料理人だ。

「……お客さん、綺麗に食べますね」

米粒ひとつ残っていない茶碗を受け取った男が言う。「魚の食べ方も、今日のお客さんの中で一番綺麗でしたよ」とつけ足され、健太は相好《そうごう》を崩した。

「そうなんです。飯を食べるのだけはいつも褒《ほ》められるんです。蟹《かに》とかフライドチキンとか、大抵褒められますよ。可食《かしょく》部分を残さないことにかけては定評があります」

強面の職人相手でもするすると言葉が出てきたのは、美味い料理を食べてテンションが上がっていたせいだろうか。それとも少しは酔いが回っていたのか。

なるほど、と返した男の声に面白がるような色が薄く滲《にじ》んだ気がしたが、その顔を確認することはできなかった。視線は男がカウンター越しに差し出してきた茶碗に吸い寄せられ、健太は切《き》れ切《ぎ》れの声を上げる。

「あぁぁー……おこげだ……！」

一杯目におこげは入っていなかったので、二杯目からの特権か。

「別売りで生卵もあるぞ」と田口に声をかけられ、「じゃあ三杯目は卵かけごはんにします」と即答する。中肉中背、むしろ細身の部類に入るくせに健太は大食らいだ。

宣言通り三杯目の卵かけごはんもぺろりと完食して、健太は満ち足りた溜息をついた。

「あー……美味かったです。本当美味かった……毎日でも食いたいです。もういっそ、こういうご飯作ってくれるお嫁さんが欲しい……」

「男女平等の時代にそういう発言する奴はモテないぞ。自分で作れよ」

「そうしたいのは山々なんですけど、母親から非常事態以外台所に立つなって釘《くぎ》刺されてるんです……」

健太は悄然《しょうぜん》と肩を落とす。食べることが何より好きなのに、健太は料理が下手だった。

元来手先が不器用なせいもあるのだろう。調理後のキッチンは毎度嵐が通り過ぎた後のように荒れ果て、手には切り傷や火傷《やけど》を作り、挙句《あげく》まともな味に仕上がらない。

秋まで勤めていた小料理店も、専《もっぱ》ら接客が中心でほとんど調理場へは入らなかった。いっそ料理人と結婚すべきか。美味い料理のためなら、その他すべての家事を請け負《うお》うことに否やはない。健太はふわふわと定まらない視線をカウンターの奥に向け、今まさに美味い料理を作っている醤油顔の美形――もとい料理人に目を止めた。

「……結婚するなら、どんなタイプの人がいいですか？」

小気味のいい音と共に野菜を刻《きざ》んでいた男が、手を止めて顔を上げた。

実際の料理人は結婚相手にどんな条件を望むのだろうと興味を覚えた。隣で田口が、おい、と押し殺した声を出したが、構わず男の顔を見詰め続ける。

男は顔色を変えるでもなく瞬《まばた》きをすると、そうですね、と少し考える素振りをした。

「……美味そうに飯を食ってくれる人ですかね」

「マジですか」

うっかり素の声で返してしまった。それなら健太も自信がある。

「他に判断基準ないんですか？　じゃあ、俺の食い方どうでした？」

「おい、ちょっとお前……マジで酔ってんの？」

田口が慌てて割って入ってきたが、健太は男から目を逸《そ》らさない。

食べにくい食材を綺麗に平らげることに定評のある健太は、美味い物を美味そうに食べる顔にも定評がある。今日はカウンターの向こうに料理を作った本人がいたので、なおさら表情を繕《つくろ》うこともしなかったのだが。

男は健太から視線こそ逸らさないが、中々質問に答えようとしない。もしや自分がどれほどうまうまと料理を口に運んでいたか、この男は見ていなかったのだろうか。評価が本人に届かないくらい残念なことはないと、健太は拳《こぶし》を握りしめた。

「今日の料理美味かったです、できることなら毎日食べたいです！　いっそ結婚したいくらいです！」

ひぇっ、と田口が引《ひ》き攣《つ》った声を上げる。馬鹿、ほんとやめろ、と小さな声で口早に言われ、確かに美味かったと伝えるのに最後のセリフはおかしいな、と健太もぼんやり自覚した。

極上の料理にすっかり心奪われていた健太は、田口が横からこっそり健太のグラスに酒をつぎ続けていたことを知らない。実は相当に酔っている自覚もなく男の返事を待っていると、男は無表情でゆっくりと包丁を置いた。

「無理だな」

最初から愛想の欠片《かけら》もなかった男から、いよいよ敬語まで吹っ飛んだ。

目の端で田口が青くなる。さすがに健太もひやりとした。

男がカウンター越しに健太に近づく。その目元が暗く翳《かげ》っていることに気づき、健太はごくりと喉を鳴らした。さすがに仕事の邪魔だったか。

罵倒《ばとう》も覚悟して身を固くしていると、男が平坦な口調で言った。

「……プロポーズなら、渋谷でしてくれ」

想定外の言葉に健太は目を瞬《しばたた》かせる。仏頂面《ぶっちょうづら》の料理人からプロポーズなどという言葉が飛び出したのにも驚いたが、なぜ渋谷。渋谷区なら同性でもパートナーと認められるのだったか。

ぽかんと口を開ける健太を見下ろし、男がわずかに目を眇《すが》める。

「お客さんぐらい美味そうに飯を食ってくれるなら、こっちも腕の振るいがいがある」

声がほんの少し柔らかくなって、語尾が吐息で掠《かす》れる。笑ったらしい、と気づいた瞬間、ふわっと首から上が熱くなった。相手もカウンター越しにこちらの様子を見てくれていたのだと思えば、心拍数が緩《ゆる》やかに上昇する。

男の笑顔を見た瞬間胸に押し寄せた感情がなんであるか理解できずに目を瞬かせていると、フロアスタッフが健太たちのもとへ駆けつけた。

「志波《しば》さん……！　お客様相手なんですから、敬語で……！　大変失礼いたしました！」

「あ、いえいえいえ、大丈夫です！　先に妙なこと言ったのこいつなんで」

おろおろしていた田口が椅子から腰を浮かせ、フロアスタッフに事情を説明している。

田口達のやり取りを後目《しりめ》に、男は再び包丁を握って調理に戻ってしまった。

（……志波さんっていうのか）

男の名前を口の中で転がしていたら、田口にそろそろ帰ろうと背を叩かれた。

「お前はさぁ……びっくりさせんなよ。マジで怒られるかと思っただろ。冗談わかってくれる

人でよかったけど……」

レジで会計をしながらぶつぶつ言う田口の後ろで、健太はカウンターの奥に並ぶ土鍋を眺めた。

ずらりと並ぶ土鍋を見れば、今夜味わった至福の時間が舌の上で鮮《あざ》やかに蘇《よみがえ》る。湯気を噴き上げる土鍋にうっとりと見入っていると、そのうちのひとつに志波が歩み寄った。

志波が鍋の蓋を開け、辺りにふわりと湯気が立つ。健太は思わず背伸びをしたが、この位置からでは鍋の中まで見ることはできない。

志波はしゃもじで切るように米を混ぜると、鍋をコンロに対して斜めに傾けた。

鍋が斜めになったおかげで中が見え、うわぁ、と健太は歓声を上げる。正真正銘炊き立ての米は、いっそ神々《こうごう》しいほどに輝いて見えた。

もう一杯くらい食べておくべきだったか。しかしさすがにこれ以上は腹の皮が裂ける、などと愚《ぐ》にもつかないことを考えていたら、土鍋の隣に立っていた志波がこちらを見た。

健太と視線が合うと、志波は「見たか？」というようにほんの少しだけ笑って鍋を水平に戻した。

悪戯《いたずら》めいた笑みにどきりとして、とっさに反応を返せなかった。健太はあわあわと視線をさ迷わせると、志波に向かって深く頭を下げて店の外へ飛び出す。

「いやぁー、美味かったな。俺も卵かけごはん食べればよかった」

店からの帰り道、駅へ向かいながら田口は満足そうに腹をさする。健太も頷き、うっとりと今日の料理を反芻《はんすう》した。思い出しただけでも舌が喜ぶのだから大したものだ。

夜空を見上げ、健太はしみじみと呟く。

「……プロポーズ、渋谷だったらオーケーしてもらえたんですかね？」

前を歩いていた田口が振り返り、夜道をふらふらと蛇行《だこう》する健太を笑い飛ばす。

「あの板前さんか。最後の最後であんな冗談言ってくれるとは思わなかったな」

「冗談だったんですかねぇ」

「当たり前だろ、この酔っ払い」

健太もそろそろ自分が酔っている自覚が出てきた。真《ま》っ直《す》ぐに歩けない。

覚束《おぼつか》ない足取りで駅を目指しながら、どうして志波は最後に土鍋を傾けてくれたのだろうと思う。あれも料理の工程に含まれているのだろうか。炊き上がる直前にわざわざ土鍋を傾ける必要があるのだとしたら、米ひとつ炊くのにも随分細やかな心遣いをしているものだ。

あるいは、単に自分に見せてくれただけだったとしたら。

（……いい人だったな）

仏頂面で愛想こそなかったが、志波は一度も健太を邪険《じゃけん》に扱わなかった。客商売なのだから当然と言われればそれまでだが、最後に見た共犯めいた笑みが頭から離れない。

（また行こう）

今度はランチ、と呟いて、健太はふにゃりと幸せな笑みを浮かべた。

田口に夕食をごちそうになった翌日。土曜ということもあり普段より遅く起きた健太は、キッチンから漂うパンの匂いに鼻をひくつかせた。

おはよう、と声をかけダイニングに入ると、テーブルで新聞を広げていた父が「おはよう」と丸顔に笑みを浮かべる。続けてカウンターキッチンから母も顔を出した。

「昨日は先輩にご飯をごちそうになったんでしょう？　普段通り食べられるの？」

「大丈夫、別に食い放題とか行ったわけじゃないから」

パジャマのまま席に着く。今日の朝食は厚切りのトーストとチーズオムレツ。オムレツの横にはプチトマトが添えられている。

最近母が開拓した近所のパン屋は、ずっしりと重みのある食パンが人気だ。トーストしても中がもちもちしていて、表面はかりっと香ばしい。健太は綺麗に焼き色がついたパンを喜々として頬張り、ふっと眉を顰《ひそ》めた。

「……あれ……？」

怪訝《けげん》な顔で口を動かす健太に気づいたのか、向かいに座る父が首を傾げる。

「どうかしたかい？」

「いや、なんかちょっと焦《こ》げて……は、ないな……?」

パンをひっくり返してみたが焦げ目などない。だというのに、嚙めば嚙むほど口の中のパンは苦《にが》みを増す。そのうちパンに塗られたバターの塩気も、パン本来の甘みも消え失せ、消し炭《けずみ》を嚙むような苦みだけが残って健太は無理やり喉を上下させた。

飲み込んでもなお口の中が焦げ臭い。もう一度パンをひっくり返してみたが、見た目は普段通りの食パンだ。匂いも異常はない。

しかしひとたび口に入れるや、パンは消し炭に変化する。ただただ苦く、口の中がじゃりじゃりして、鼻から抜ける焦げた匂いが不快だった。

「……なんで⁉」

わけがわからず、向かいに座る父にも一口パンを食べてもらった。しかし父は「普通のパンだよ?」と不思議そうな顔をするばかりだ。

気を取り直してオムレツも食べてみたが、こちらもひどい。口に入れた瞬間ゴムのような匂いが口内に広がり、溶けた輪ゴムを咀嚼《そしゃく》している気分になった。プチトマトに至っては嚙んだ瞬間椅子から転げ落ちそうになった。トマトの皮を破ってぷちゅりと溢《あふ》れた液体はおよそ食べ物とは思えぬほど生臭く、危うく吐き戻すところだった。

慌ててコーヒーを飲んだが、これも泥水のような匂いが口の中に残る。テーブルの端を握りしめて身悶《みもだ》えていたら、異変を察した母が水を持ってきてくれた。

かろうじて水だけは普段通り飲める。コップの水を一息で飲み干し、人心地付いて前を見ると、向かいに腰を下ろした両親が真剣な顔で健太を見ていた。

「健太……もしかして、食べ物の味がおかしいの？」

テーブルの上で指を組んだ母に真顔で問われ、健太はげっそりした顔で頷いた。

「なんか、泥とかゴムとか食ってるみたいで……母さんたちはなんともないわけ？」

両親が顔を見合わせる。無言で目配せしているらしい。何か心当たりがあるのか尋ねようとしたら、母親がずいっとテーブルに身を乗り出してきた。

「貴方《あなた》もしかして、好きな人ができた？」

「……はっ？」

深刻な話が始まるのかと思いきや、飛び出したのはまさかの恋愛話だ。

二の句が継《つ》げない健太を見て、父が丸みを帯びた手で母の肩を掴んだ。

「いや、まさか……健太はもう二十歳《はたち》過ぎてるんだよ？　この年で初恋なんて……」

「だってそうとしか考えられないじゃない？　あの症状が出たんだから」

「ちょっと……ちょっと！　さっきから二人でぼそぼそなんの話してんの⁉」

一向に話が見えてこないことに焦《じ》れて健太が声を荒らげると、ようやく両親が揃ってこちらを向いた。どちらから言い出すかしばらく目顔でやり取りしていたが、最後は父親が押し負けたように口を開く。

「……健太。とりあえず、馬鹿らしいと思っても最後まで話を聞いてほしい」

真剣な父の顔を見て健太も居住まいを正す。実はね、と、重々しい口調で父は切り出した。

「我が家の遠い祖先には、吸血鬼がいたんだ」


健太の度重《たびかさ》なる突っ込みと絶叫を割愛《かつあい》して両親の話を要約すると、以下のようになる。

水上《みなかみ》家の遠い祖先には、吸血鬼と子をなした者がいるという。

その血は脈々と水上家に受け継がれているらしいが、水上家の一族が皆吸血鬼のように生き血をすって生きているわけではない。日光に当たっても体が崩れ去ることはなく、ニンニクだって美味しく食べる。健太の両親もそうだし、健太自身も今日まで一般人となんら変わらぬ生活を送ってきた。

これだけなら吸血鬼など与太話《よたばなし》として一笑《いっしょう》すれば終わりだが、話はここで終わらない。

ごくまれに、先祖返りを起こす者がいるのだ。

先祖返りとは、親には表れていない先祖の特徴が子供に出ることだ。直近では健太の曾祖父《そうそふ》の父親——高祖父《こうそふ》という——が先祖返りを起こしている、らしい。

この手の話は、水上家の酒の席でよく披露《ひろう》される。それも大人たちが泥酔《でいすい》する頃、ご先祖様には吸血鬼がいたらしい、どこぞの家では先祖返りが出たらしい、と。

当然、本気で信じている者などいない。『ご先祖様は吸血鬼』ネタは、水上家に代々伝わる鉄板ネタに他ならない。

しかしうっすらと禁忌《きんき》のようなものは残っていて、血が濃くなると先祖返りが出やすくなるからと親族間の婚姻には渋い顔をされるらしい。

かくいう健太の両親はハトコ同士で、結婚の際はやはり周囲に止められたらしい。

健太の父は子供の頃から妖怪や幽霊といった未知の存在に心惹《ひ》かれる質《たち》で、結婚を機に本気で先祖返りについて調べたそうだ。

手っ取り早く、先祖返りして吸血鬼の特徴が表れたという高祖父について親族に聞いて回ったところ、親族たちは口を揃えて『恋の自覚と共に先祖返りは起こる』と教えてくれたそうだ。

なんでも高祖父は、のちに妻となる女性との見合いの席で突然先祖返りを起こし、出された茶菓子を泥饅頭《どろまんじゅう》と言い張って一度は破談になりかけたという。

ちなみに高祖父は先祖返りを起こした後も日光やニンニクには特別反応しなかったそうだが、見合いの後は一切の食事を受けつけなくなってしまったらしい。

話の最中、「信じられるか！」と突っ込みを入れ続け軽く息を乱していた健太だが、話題がそこに及ぶや、さっと真顔に戻った。

「普通の食事ができなくなるって……一生？」

掠れた声で尋ねると、それまで好き勝手喋《しゃべ》り合っていた両親がふっと口を閉ざした。

「そうしたら、どうなるわけ……？　まさか本当に、血を吸うようになる、とか？」

半分冗談のつもりで尋ねたのだが、父と母は顔を見合わせてしまった。

「どうなるんだろうね……本当に血を吸ったって話は聞いたことがないけど」

「でも、もしかしたらお嫁さんの血を吸ってたのかも……？」

「味覚がおかしくなるのも、吸血衝動を促《うなが》すために食事からの栄養摂取《せっしゅ》を抑《おさ》えるのが目的かもしれないし……」

「ちょっと……！　ちょっと、マジで⁉」

いつまで待っても両親は「冗談だよ」と笑ってくれず、健太は乱暴に髪を掻きむしった。もうどこから突っ込めばいいのかわからないし、何を信じればいいのかもあやふやだ。

テーブルに肘《ひじ》をついて頭を抱えていると、向かいからそっと父に肩を叩かれた。

「健太は今、血を吸いたいと思うかい？」

普段と変わらぬ口調で尋ねられ、健太は少し考えてから首を横に振った。

「だったら別の病気の可能性もある。今日のところは病院に行ってみよう」

ようやく話がまともな方向に舵《かじ》を切り、健太は力なく頷いた。

味覚障害を診《み》てくれる病院を探すべく父が席を立つと、母も立ち上がってテーブルの上を片づけ始めた。途中、思い出したように健太に声をかける。

「ところで貴方、初恋まだだったのね。相手はどんな人なの？」

異常事態にもかかわらず母の声はのんびりしていて、健太も曖昧《あいまい》な返事をした。

「昨日食事に連れて行ってくれた人？」

「田口先輩？　違うよ」

「じゃあ誰？」

「誰って……」

誰も、と言おうとした矢先、パッと頭に浮かぶ顔があった。

白い調理服に調理帽をかぶって、無表情でこちらを見る、醤油顔の美形。

「その人のこと好きなんでしょう？」

絶妙のタイミングで尋ねられ、ぎくりとした健太はごまかすようにテーブルを叩いた。

「違……っ、ていうかなんで初恋確定ってことになってんの⁉」

「だって貴方から好きな子の話なんて聞いたことないもの。初めてだから自覚がないだけで、もう好きになっちゃってるんじゃないの？　ちょっといいな、くらいは思ったんでしょ？」

「思っ……たけど、いや、好きとかそういうことじゃなく……」

否定する声が尻すぼみになった。相手は男だ。好きになったわけがない。だが「いい人だな」とは思った。最後にちらりと向けられた悪戯めいた笑みが蘇る。

そういうことじゃないならなんなのよ？　と母親に詰め寄られ、健太は渋面を作る。

「……米の炊き方に愛があった……」

「いかにも貴方が好きになりそうな理由ね？」

「だからそうじゃないんだって！　相手は男――」

「いいのよ、貴方は胃袋を摑まれたら最後、心臓ごと持ってかれる子だと思ってたもの。母さん知ってた」

「だーから……！」

そうじゃないって、と地団駄を踏んでいたら父が戻ってきた。支度を整えたらまずは病院へ行こうと促される。

結局誤解は解けぬまま、健太は両親と共に味覚障害を診てくれる耳鼻科へ向かった。あれこれ検査をしてもらったが特に異常はなく、大学病院の紹介状を渡された。

病院を出た後、一家は昼食をとるためレストランに寄った。

健太は一縷《いちる》の望みをかけてパスタを注文したが、結果は惨憺《さんたん》たるものだった。

パスタは口に入れるまでは食欲をそそる匂いを漂わせているのだが、いったん口へ入れてしまうとゴムが溶けたような匂いにすり替わる。味もゴムそのものでしかなく、二口、三口食べるのが限界だった。

他にもデザートやサラダなど試してみたが結果は同じだ。塩気も甘味も消し飛んで、苦みやえぐみなどが舌の上に残る。口触りは押し並《おな》べて不快でしかない。

結局その日はほとんど何も食べることができず、健太は空腹でしくしくと痛む腹を抱えて眠るしかなかったのだった。

健太の味覚がおかしくなってから四日目。

大学から帰る電車の中、健太は青白い顔で窓の外を眺めていた。

大学生活も残り数ヵ月。今日は卒論の進捗《しんちょく》を研究室の教授に報告する日だったのだが、げっそりとやつれた健太を見るや、教授はもちろん、研究室の面々まで「今すぐ帰れ」と健太を追い帰してしまった。

車窓《しゃそう》に映る自分の顔を見て、干物《ひもの》みたいな顔してるもんなぁ、と健太は力ない溜息を吐く。

味覚障害はまだ治っていない。いくつか病院も回ったが、どこに行っても異常なしと言われて帰される。両親は親族に電話をして先祖返りについて調べているようだが、特に有益な情報はないようだ。

味覚はおかしくとも腹は減る。今のところ少量で高カロリーを摂取できる菓子の類《たぐい》を食べてぎりぎり空腹をしのいでいるが、それもそろそろ限界だ。

今もコートのポケットにはキャラメルが入っているが、とても口に入れる気にはならない。少しも甘くない上に、カビの混じった埃《ほこり》の匂いが口の中に充満するからだ。

少しくらい甘みが残っていればまだましなのに、本来の味がすっかり飛んでしまうのも辛《つら》い。クッキーはチョークをかじっているようだし、チョコレートは蠟《ろう》を嚙んでいるようだ。

ぼんやり車窓を眺めていると、駅前のビルに掲げられた和食料理店の看板が目に入った。

看板には、水彩画のようなタッチで海老天《えびてん》の絵が描かれている。ごく簡略化された絵なのに、衣《ころも》を歯に当てたときのさっくりした感触と、衣の下のぷりぷりした身がまざまざと思い浮かんだ。天丼もいいなぁ、と思ったら、光り輝く白米が頭から離れなくなる。

温かく甘い米の匂い。総立ちする米粒。だんだんと鮮明になっていくそれは、米田で食べた土鍋の米だ。

思えばあの食事を最後に味覚がおかしくなったのだ。わかっていたらもっと味わって食べたものを。次の機会にはランチに行く予定だったのに。確か天ぷらの定食があった。と、そこまで考えたところで耐えきれなくなって健太は電車を飛び下りた。

時刻は午後の一時過ぎ。ここから電車を乗り換えれば三十分で米田に着く。

あの店の料理だって、口に入れれば洗剤やら埃の味がするのだろう。それでもどうしても行きたかった。あの温かく甘い米の香りが恋しい。サクサクの天ぷらが食べたい。せめて歯ざわりだけでも楽しみたい。とにかく腹が減っていた。

ふらつく足で電車を乗り継ぎ、米田に到着したのはランチタイムより少し遅い時間だ。

オフィス街にある店なので店内にはスーツ姿の社会人が目立つ。テーブル席は全て埋《う》まっていて、健太はカウンターの一番端に通された。

席に座ると、健太は静かに深呼吸をした。わずかに息が震えている。過度の空腹のせいか、米の匂いを胸一杯に吸い込んだだけでむせび泣きそうだった。最後に食べた食事の記憶はまだ鮮明で、あれが人生最後のまともな食事になってしまうかもしれないと思えば落涙も待ったなしだ。

涙ぐみそうになるのをぐっとこらえ、海老と野菜の天ぷら御膳《ごぜん》を注文した。匂いと歯ざわりだけでも楽しもうと胸中《きょうちゅう》で繰り返し、おしぼりでそっと目尻を拭《ぬぐ》う。

カウンターの中では今日も二人の料理人が調理をしていた。蒸し器の火加減を見ている男の横顔には見覚えがある。志波だ。

真剣な顔で火元を見ていた志波が、健太の視線に気づいてこちらを向いた。

互いの視線が絡み、健太の心臓が跳ね上がる。

しかし志波は健太の顔を一瞥《いちべつ》しただけで、またすぐ手元に目を落としてしまう。

無自覚に両手を握りしめていた健太は、胸の内側で目一杯膨《ふく》らんだ心臓がしおしおとしぼんでいくような感覚に小さな瞬きをした。

たった一度店を訪れただけの客など、カウンターの向こうで調理をしている志波がいちいち覚えているはずもない。当たり前だと思うのに、微《かす》かな落胆を感じたのはなぜだろう。

土鍋を傾けて見せてくれたあのときのように親密な笑みを見せてくれるのでは、と期待してしまった自分に困惑する。自分の顔などすっかり忘れているらしい志波の反応を見て、微かに傷ついていることにも。

店に入った直後とは違う理由で泣きそうになっている自分が理解できなかった。それもこれも腹が減っているせいだ。空腹は人を情緒不安定にする。些細《ささい》なことで感情が波立ってしまい、この数日はことあるごとに両親に八つ当たりをしてしまった。

全部空腹のせいにして、健太は他に見るものもなくカウンターの中を眺めた。

カウンターの中では、志波ともうひとりの料理人が互いに邪魔にならぬよう息の合った動きで料理を作っている。改めて見ると、料理は志波が主体で作っているようだ。もうひとりの料理人に指示を出しながら調理を進める志波の手元に、健太の視線は釘付けになる。

野菜を切る志波の指はすらりと長い。水に濡れた手の甲は、まな板の上に転がる茄子《なす》や獅子《しし》唐《とう》よりもみずみずしく艶《つや》を帯びて見えた。重たい鍋を持ち上げると、腕にぐっと筋が浮く。少し日に焼けた肌は滑《なめ》らかで張りがあり、どうしてか健太はずっと手羽元《てばもと》のことを考えていた。注文したのは天ぷらなのに。

志波の手に見惚《みと》れていたら、目の前に膳《ぜん》が運ばれてきた。

膳の真ん中には海老や野菜の天ぷらが載った大皿が置かれ、右に味噌汁、左に白米、奥には天つゆと香の物が行儀よく並んでいる。

健太は震える手で箸を持ち、しばし目の前の料理に見入った。

こんなにも美味そうで、こんなにも食欲をそそる匂いをまき散らしているというのに、口に入れた瞬間これは食べ物とは思えない味と匂いにすり替わってしまう。

そう思うと口に入れてしまうのが惜しい。美味しそうだな、と眺めている今が一番幸せだ。いっそ口を経由せず、胃袋に直接この料理を収める方法はないものか。

馬鹿げたことを思い詰めた顔で考えつつ、健太はゆっくりと天ぷらに箸を伸ばした。からりと揚げられた大きな海老の尻尾《しっぽ》を箸の先で摘《つま》み、さっと天つゆにくぐらせる。

出汁の効いた天つゆの香りが鼻先をくすぐる。空腹を訴《うった》える胃が痛い。

健太はほとんど涙目になって天ぷらを口に入れる。前歯でさくりと衣を嚙んで、口の中に広がるだろう泥やサビの匂いを覚悟して目をつぶった。

海老天を口に含んで硬直することしばし。

健太はカッと両目を見開く。鼻の奥から油の匂いがしたからだ。しかも油粘土《ねんど》だとか廃油《はいゆ》だとかの食欲を根こそぎ奪っていく匂いとは違う。正真正銘食用油の匂いだ。

前歯で嚙み切ったきり、舌の先に転がしていた海老を猛然と奥歯の間に押し込んだ。勢いよく嚙むと天つゆの甘さが舌の上に広がり、ぷるっとした海老が口の中で跳ねた。

「――……！」

感極まって声も出なかった。

考えるより先に口が動く。慌ただしく咀嚼を繰り返し、揚げたての海老を喉の奥へと押し流す。口の中が空になるや次の一口を頰張った。慌てすぎて舌を嚙んだが痛みに怯《ひる》んでいる余裕もない。大人の掌《てのひら》に載りきらないほど大きな海老が三口で消えた。当然尻尾も腹の中だ。

蓮根を一口、茄子を二口、獅子唐も一口で食べ終え、味噌汁の椀《わん》を鷲掴《わしづか》みにして口に流し込む。熱い。しかし美味い。ちゃんと味噌の味がする。昆布で出汁を引いているのがわかる。ものの数分で天ぷらと味噌汁を空《から》にした健太は、最後に白米の盛られた茶碗を掴み上げ、ほとんど流し込む勢いで口の中に掻き込んだ。

おかずも生卵も漬物《つけもの》すらもいらなかった。ただただ米が甘い。一息で米を掻き込み、勢いをつけて茶碗を膳に置いたときは全力疾走した直後のように息が切れていた。

「……あっ！　おこげ！」

はっと健太は顔を上げる。確かこの店は米のお代わりが自由で、二杯目にはおこげがついたはずだ。

前触れもなく味覚障害が治った理由がわからない以上、またいつ元の状況に戻ってしまうかもわからない。大慌てで空の茶碗を手にスタッフを呼ぼうとすると、カウンターの向こうからぬっと大きな手が伸びてきた。

薄く日に焼けた手の先を辿《たど》れば、無表情の志波と目が合った。無言で手を出す志波と空の茶碗を交互に見て、健太はまだ肩で息をしながら志波の手に茶碗を載せた。

茶碗を受け取った志波はすぐに踵《きびす》を返すと、土鍋からどっさりと米をよそって健太のもとに戻ってくる。白米の上にはかりっとしたおこげも載っていて、健太は瞳を輝かせた。

「……お客さん、この前夜に来てくれた人か」

いそいそと箸を手にした健太を見て、志波がぽつりと呟く。先程目が合ったときはなんの反応もしなかったのに、健太の食べっぷりを見て思い出したらしい。

健太は志波を見上げて一瞬だけ箸を止める。覚えていてくれたのか、と思ったらほんのり嬉しい気持ちが胸に広がったが、今はおこげに心奪われ、すぐさま手元に視線を落とした。

「はい、あの、この前食べた飯があまりに美味くて忘れられず、また……」

「それは光栄だ。……おこげ、醤油もいいがそこのゴマ塩かけても美味いぞ」

「……！　やってみます！」

言われた通りおこげにゴマ塩を振って食べてみた。かりっとした食感と適度な塩気、追いかけてくるゴマの風味に目が潤《うる》む。そうだ。こうでなくちゃ。これが食事だ。美味い物万歳！

身をよじるようにして胸の中で叫んだら、ぷはっと志波が噴き出した。

すっかりおこげに夢中になっていた健太は、志波がまだこちらを見ていたことに初めて気づく。ランチタイムのピークも過ぎて少し手が空《あ》いたのだろうか。志波はカウンター越しに健太の前に立ったまま、胸の前で緩《ゆる》く腕を組んでいた。

「美味そうに食うもんだな。どんだけ腹ペコだったんだ」

「む……よ、……ぅ……」

口一杯に米を詰めた健太は、四日ぶりの食事です、と上手く言えずに何度も目を瞬かせる。リスのように頬を膨らませて咀嚼を続ける健太を見て、志波がまた小さく笑った。案外笑うと優しい顔になるのだな、と場違いに目を奪われる。

志波から目を逸らせぬまま口を動かし続けていたら、フロアスタッフが温かい玄米茶《げんまいちゃ》を持ってきてくれた。健太に目礼《もくれい》したスタッフは、小声で志波に「敬語で」と注意をする。

志波が軽く眉を上げて腕組みをほどく。そのままこちらに背を向けてしまいそうな気配を見せたので、健太は慌てて口の中のものを飲み込んだ。

「あの……っ、大丈夫です、そのままで構わないので、追加の注文を……」

声に必死さが滲む。注文なら隣にいるスタッフにしてもよかったはずなのに、どうしてか志波を引き止めたかった。

健太の声に反応して志波がこちらを見る。だが健太に応えたのは隣にいたスタッフだ。

「申し訳ありませんが、もうラストオーダーは終わっておりまして……」

「あ……そうでしたか……」

次に何を食べるかまでは決めていなかったが、もう食べられないと聞いた途端、不満を訴えるように腹が鳴った。せめてもと、お代わりをした白米を一粒一粒惜しむように食べていたら、カウンターの向こうから志波の手が伸びてきた。

膳の横に若竹色の小鉢《こばち》が置かれる。中に入っていたのは一口大に切ったゴマ豆腐《どうふ》だ。驚いて顔を上げると、志波がカウンターに手をついてこちらを見ていた。

「言葉遣いがなっておらず、大変失礼いたしました。お詫《わ》びにどうぞ」

改まった口調とは裏腹に、口元に微かな笑みを浮かべて志波が言う。

前回の帰り際、土鍋の中を見せてくれたときと同じ笑みだ。心臓が跳ね、健太はぎくしゃくと頭を下げて小鉢を取った。志波の視線を感じ、緊張しながら箸を持った健太だったが、口にゴマ豆腐を入れた瞬間、緊張などどこかに吹き飛んだ。

つるりとしたゴマ豆腐が口の中を滑《すべ》る。口触りの良さに瞠目《どうもく》しつつそっと上顎《うわあご》と舌で押し潰せば、口一杯にゴマの風味が広がった。仄《ほの》かに甘いゴマ豆腐に、甘さ控えめの味噌ダレが絡んで健太は目を閉じる。舌がおかしくなってからというもの、チョコレートもあんこも角砂糖すら甘く感じなくなった健太にとって、食後のゴマ豆腐は最高のデザートだった。

健太は唇を震わせ、片手でがばりと口元を覆《おお》った。

「……こんなに美味いものを出してもらえるなら……っ、一生敬語なんて遣ってもらわなくて構いません……！」

口からゴマの香りが逃げていくのが惜しく、口元を覆ったまま健太は言う。

それを見てさすがに耐えきれなくなったのか、志波が声を上げて笑い出した。

「最後の一皿くらいもう少し落ち着いて食べるもんだろ。最初の一口とまるっきり同じ顔してたぞ」

遠くから飛んでくるフロアスタッフの視線にも動じることなく、志波は笑いながら健太の前に置かれた膳を取り上げる。すっかり空になった皿を見た志波はようやく笑いを収め、ゆるりと健太に視線を戻した。

「美味かったか?」

武骨なようでいて、志波の流し目には色気がある。どきりとしたことを悟《さと》られぬよう、健太は無言で頷いた。一度では足りず、二度、三度と大きく首を縦《たて》に振る。

身振りで熱心に料理の感想を伝えようとする健太を見て、志波がふっと目元を緩めた。

「何よりだ」

その顔を見た瞬間、健太の口の中に鮮やかな変化が生じた。

満足げに笑う志波の表情と声が思いがけず甘やかだと思ったら、それに呼応するように口の中に残っていたゴマ豆腐が甘みを増した。

『貴方もしかして、好きな人ができた?』

妙なタイミングで母親の言葉を思い出し、びくりと健太の体が跳ねる。

(い……いやいや、違う、違うって! だってこの人、男だし……!)

箸の先でゴマ豆腐のタレを突《つつ》きながら、健太はちらりとカウンターの中に視線を向ける。洗い場に戻った志波の横顔を見詰めていたら、視線に気づいたのか志波がこちらを向いた。

入店したときはすぐに目を逸らされたが、今度は軽い笑みが返ってきた。

ごまかしようもなく飛び上がった心臓にうろたえ、健太は慌ただしく残りのゴマ豆腐を口に掻き込んだ。

どうしたわけか、味噌ダレをつけたゴマ豆腐は先程より一層甘くなっているようだった。

四日ぶりにまともな食事にありついたその晩、母親の手料理を食べた健太《けんた》は絶望した。味覚障害が全く治っていないことが判明してしまったからだ。

結論から言うと、健太の味覚が正常に戻るのは米田《よねだ》で食事をしているときだけらしい。理由まではわからなかったが、その日を境に健太の米田通いが始まった。

米田の定休日である水曜日を除き、健太は連日米田に通った。最初はランチだけだったが、空腹に負けて昼と夜の二回足を運ぶようになるまでに一週間もかからなかった。

夜は基本的にコース料理しか出さない米田は、一番安価なコースでも五千円を下らない。学生には痛い出費だったが、幸い秋口までみっちりバイトをしていたおかげで蓄《たくわ》えはある。本当は就職を機にひとり暮らしを始めるつもりで貯金をしていたのだが、一日二回のまともな食事と天秤《てんびん》にかければ迷いもなく、健太は早々に貯金をすべて吐き出す覚悟を決めた。

志波《しば》はいつでも店にいた。最初こそ昼に現れた健太が夜もやって来るのを見て驚いた顔をしていたが、一日二回通いが一週間を過ぎる頃には、暖簾《のれん》をくぐる健太に「よう」と親しげな声をかけてくれるようになった。そのたびフロアスタッフに注意されていたが、ここ数日はスタッフも諦めたのか何も言わない。

店に通い詰める学生が珍しいのか、志波はカウンターに座る健太によく声をかけてきた。初対面で「プロポーズは渋谷で」などと言ってのけた志波は見た目に似合わず軽口を好み、客である健太にも平気で冗談を仕掛けてくる。

何回目かの訪問で、席に着くなり「婚姻届け持ってきたか？」と志波に訊かれたときは驚いた。真顔で訊かれたので冗談とも思わず、何か用でも頼まれていたかと慌ただしく視線を泳がせていたら志波に顔を背《そむ》けられた。よくよく見れば、本気で動転する健太を見て声を殺して笑っている。

やられっぱなしも性に合わず「本当に持ってきますよ！」と言い返したら、ほう、とばかり眉を上げられた。それ以上何を言われたわけでもないのだが、「やれるものならご自由に」と言いたげな表情には大人の余裕が漂っていて、自分の子供っぽさを浮き彫りにされたようでひどく居たたまれない気分になった。完全に志波の掌《てのひら》の上で転がされている。

こんな調子で志波にからかわれることもしばしばあったが、健太は必ずカウンター席に座り、志波が料理を作る様子を眺めながら食事をした。鮮《あざ》やかに魚を捌《さば》き、軽々と大きな鍋を振るい、真剣な目で火加減を調節する志波の姿は何度見ても飽きることがなかった。

料理が出てきたら出てきたで逐一《ちくいち》食材の味を噛みしめ、歯触りに感動し、必ず三杯はご飯のお代わりをする。そんな健太に、いつからか志波は小鉢《こばち》を出してくれるようになった。

大抵健太の食事が終わる頃、志波は無言でカウンターの向こうから小鉢を差し出す。中身は魚の煮つけだったり、豚の角煮だったり、茶わん蒸しだったりいろいろだ。

見たところ他の客には出していないようなので、自分にだけ振る舞われるサービスのようだ。一日二回、休まず店に通う健太を常連客と認定してくれたのかもしれない。志波の真意は知れないが、このちょっとした特別扱いに健太は毎度胸を躍《おど》らせるのだった。

健太が米田に通い始めてから半月が経《た》ったある日、午前中に大学の研究室へ顔を出した健太は意気揚々《ようよう》と米田へ向かった。

いまだ味覚障害の解決方法はわからず、吸血鬼云々《うんぬん》の話も全く片がついていないのだが、米田に行きさえすればまともな食事にありつける。そう思えば前途はさほど暗くない。

いつ訪れても炊き立ての米の匂いで迎えてくれる店の暖簾《のれん》をくぐり、健太はカウンター越しに志波の姿を探した。

カウンターの向こうでは、今日も白い調理服を着た料理人が二人で忙しく動き回っている。だが、そこに志波の顔がない。

店の入り口でぴたりと足を止めた健太のもとに、すっかり顔馴染みになったフロアスタッフがやって来る。

「いらっしゃいませ。カウンターのお席でよろしいですか？」

「はい……あの、今日は、志波さんは……？」

「志波ですか？　志波なら本日はお休みをいただいておりますが」

「……な、何かありましたか？」

すわ病欠かと顔を強張《こわば》らせた健太を見て、シフト通りに休んだだけだとフロアスタッフは苦笑する。

考えてみれば当然だ。店のオーナーならばいざ知らず、一スタッフともなれば定休日以外の休みもあるだろう。これまではいつ訪ねても必ず志波が店にいたので、勝手に定休日以外は常勤《じょうきん》しているのだと思い込んでしまった。

カウンター席に通された健太は気を取り直してメニューをめくる。

いつもなら前のめりにメニューを吟味《ぎんみ》する健太だが、今日はどうにも目が滑《すべ》る。気がつけばカウンターに目を向け、志波がいないことを再確認して肩を落としていた。

志波がいなくとも米田の料理は食べられる。健太は己を鼓舞《こぶ》するように大きな声でスタッフを呼び、刺身御膳《ごぜん》を注文した。

程なくして運ばれてきた刺身御膳を、健太はじっと見詰める。

美しく盛りつけられた刺身と、炊き立ての白米。丁寧に出汁《だし》を引いた味噌汁、香の物《こうのもの》。

美味《おい》しそうだ。だが、何か嫌な予感もする。

（大丈夫。この店の料理ならちゃんと味がする。食べられるんだ）

健太は箸を手に取り、深呼吸してから刺身を口に運ぶ。その顔が一瞬で歪《ゆが》んだ。

口の中に泥《どろ》臭さが広がる。まるで沼地に棲《す》む魚を下処理もせずに食べたようだ。

健太は青い顔で膳を見下ろす。米田で出てくる料理なら刺身だろうと揚げ物だろうとなんでも食べられたはずなのに。今日に限って、なぜ。

（……志波さんが作った料理じゃないからか？）

いつもと違う点と言えば志波の不在しか思いつかない。だが、どうして志波の料理でないと駄目なのか。考え込んでいたら、昨晩母から聞いた話が脳裏《のうり》をよぎった。

健太の味覚に異常が生じてからというもの、両親は親族中に連絡をとって高祖父《こうそふ》や吸血鬼について調べてくれている。どの話も酒の席の冗談や与太話《よたばなし》の延長でしかなかったらしいが、中には比較的信憑性《しんぴょうせい》の高い話もあったそうだ。

「やっぱり吸血衝動が出るらしいわよ」と、昨夜母は真剣な顔で健太に言った。

「誰彼見境なしにってわけじゃないらしいのよ。吸血鬼はつがいの血しか吸わないって言ってた人がいてね……だからもしかしたら、曾《ひい》お祖父ちゃんもお嫁さんの血を吸ってたのかも」

つがいということは、つまり好きになった相手の血ではないかとも母は言った。

健太の背筋を冷たい汗が伝う。

好きになった相手の血しか吸いたくならない、という症状と、志波の作った料理しか味がしない、という現状に、何か似通《にかよ》った部分はないだろうか。

（いや、そもそも俺、あの人のこと好きとかそういうわけじゃないし……）

とっさに胸の中で弁解してみたが、どうにも声に勢いがない。カウンターの向こうに志波の姿を見つけられないと物足りないような、ひっそりと淋しい気分になるのは事実だ。

何より志波の作った料理以外まともに喉《のど》も通らない。恋愛的な意味で好きかどうかは定かでないが、健太にとって志波が特別な存在であることは、もう疑いがないように思える。

健太は溜息をついて再び刺身を口に含む。刺身からはたっぷりと泥を含んだような味と匂いがしたが、息を止めてほとんど嚙まずに吞みこんだ。基本的に食べ物は残さない主義なのだ。

プラスチックのビーズを嚙む気分で白飯も食べ終え、憔悴《しょうすい》しきった顔で健太はレジに向かう。念のため、夜は志波が店に出ないかスタッフに尋ねてみたが今日は終日休みらしい。

そうですか、と消え入るような声で答え、健太はとぼとぼと店を後にする。

その後ろ姿を、料理人も含めた米田のスタッフたちが心配そうに見守っていることも知らないで。


志波が店を休んだ翌日は米田の定休日で、健太は丸二日ろくな食事をせずに過ごした。

待ちに待った木曜日、まだ外が薄暗い時間に寝床から出た健太は、時計の針が動くのをじりじりと見守り、九時を過ぎると同時に家を飛び出た。向かう先はもちろん米田だ。

電車を乗り継ぎ店に到着したのは開店の一時間近く前だったが、健太は構わず入り口に並ぶ。

これで今日も志波が休みだったら笑えない。笑えないどころか号泣《ごうきゅう》する。

鬼気《きき》迫る顔でそんなことを考えていたら、開店時間ぴったりに店の戸が開いた。

フロアスタッフに案内されて店に足を踏み入れた健太は、カウンターの向こうに素早く視線を向け、そのまま膝から崩れ落ちてしまいそうになった。

「よう、いらっしゃい」

親しい相手にそうするように、カウンターの向こうで軽く手を上げたのは志波だ。志波が店にいなかったら今日こそ泣くと覚悟していたが、いたらいたで泣きそうになった。

開店直後なので店内には健太の他に客がいない。カウンター席に着いた健太に、志波がゆったりと近づいてくる。

「ご注文は？」

「……スペシャル御膳で」

「学生さんが豪気《ごうき》だな。ちゃんと値段見たか？」

「見ました。税抜き二千五百円」

わかってるならいい、と笑った志波を見て、背筋に小さな震えが走った。

自分でも何に身震いしたのかよくわからない。二日ぶりにまともな食事が食べられるからだろうか。それとも、二日ぶりに志波の顔が見られたからか。

後者の理由はどう考えてもおかしいと思うのに、土鍋の前に立つ志波から目を逸《そ》らせない。じっとその顔を凝視《ぎょうし》していると、こちらに横顔を向けたまま志波が笑った。

「そんなに熱心に見てても飯が炊《た》ける時間は短くならないぞ」

「わ……わかってます」

急に声をかけられて肩先が跳ねた。志波がちらりとこちらを見る。

「一昨日《おととい》、店に来たんだって？」

「はい。……あ、よくご存じですね。志波さん休みだったのに……」

「店の連中に聞いた。いつもの学生さんがお代わりもしないで帰ったって、皆心配してたぞ」

カウンター越しによく話をしている志波はともかく、他のスタッフにまで自分が学生だと知られているとは思わなかった。心配してもらって嬉しいような、学生である上に大食らいであることまで周知されていて気恥ずかしいような、若干《じゃっかん》複雑な心境で健太は肩を竦《すく》める。

「体調でも崩したか？」

「いえ、そういうわけでは……」

「じゃあ米の炊き方に問題でもあったか？」

志波の声が少しだけ低くなる。カウンターの向こうで志波と料理を作っていた料理人がわずかに顔を強張らせた気がして、健太は慌てて首を横に振った。

「いえ、そういうことではなく！　別に全く、そういうことではないので！」

志波は料理を作る手を止めぬまま、ならば他に何か理由でもあるのかと問いたげな視線を向けてくる。

ここはどう答えるのが正解か。本当のことを言ってもいいのか迷う気持ちもあったが、言わないと他の職人にいらぬプレッシャーがかかりそうだ。

健太は店内を見回し、若干声のトーンを落とした。

「……志波さんのご飯が食べたかったんです」

健太の声は煮炊《にた》きの音に紛《まぎ》れ、志波以外の耳には届かなかったらしい。振り返った志波が目を丸くした。

まあ驚かれるだろうなと健太も思う。シェフがオーナーも兼ねているような店ならいざ知らず、数名いる料理人の中のこの人物の料理が食べたいとまで宣言する客は少ないに違いない。

貴方《あなた》以外の料理は汚泥《おでい》の味がする、というのが掛《か》け値《ね》なしの真実だが、事情も知らない相手にこんなことを言えば大げさだと引かれること請け合いだ。さりとて吸血鬼云々の話をする気にはなれず、健太は必死で言葉を探した。

「その……志波さんのご飯は凄《すご》く、舌に合うというか……。他のご飯じゃ駄目なんです。最近は志波さんのご飯しか喉《のど》を通らなくて……」

なるべくオブラートに包んで現状を語ったつもりだったが、自分の言葉を反芻《はんすう》して、やっぱりこんなこと言う客気持ち悪いな、と健太は顔を引きつらせる。

そっと顔色を窺ってみれば、志波はどこか思案気な表情をしていた。どんな反応が続くかわからず固唾《かたず》を飲んで待っていると、志波が小さく首を傾げた。

「……この前の続きか？」

「はい？　続き……？」

「他の奴の飯が食えないから、毎日俺に飯を作ってほしいって話だろ？　また随分と古風なプロポーズだな」

真顔で志波が言うので、わけもわからず頷きそうになった。顎先《あごさき》が下を向きかけたものの、プロポーズという単語に待ったをかけられ、健太は勢いよく顎を反《そ》らす。

「ち……っ、違います！　そういうわけで言ったんじゃなくて、美味しいんです！　志波さんのご飯は！　出汁の引き方ひとつとっても愛があるんです！」

なるほどねぇ、と言いながら志波が味噌汁を椀によそう。志波の口元がむずむずと動いているのは笑いを堪《こら》えているせいだろう。

またからかわれたのだと悟《さと》り、健太は両手で顔を覆《おお》う。気づかず全力で反論してしまったが、出汁の引き方にどんな愛を感じたのだと問われたら即答できる自信がない。

「お待ち遠さま。愛のある味噌汁つきスペシャル御膳だ」

カウンターの向こうから、志波はにこりともせず膳を出してくる。真顔の冗談にもそろそろ慣れなければと肝《きも》に銘《めい》じ、健太は胸の前で両手を合わせた。

スペシャル御膳はその名の通り、天ぷら御膳や刺身御膳といった様々な膳から少しずつメインのおかずをとった特別メニューだ。

膳の中央に置かれた丸籠《まるかご》に並ぶ小鉢には、天ぷらや刺身や魚の煮つけが少しずつ盛られ、その間に香の物や酢の物など箸休め的な皿が並んでいる。籠の外には茶漬け用の出汁と天つゆが配置され、少なくとも二回は白飯をお代わりしないと満喫しきれない豪華な内容だ。

志波にからかわれて唇の端を下げていた健太だが、御膳を見たらたちまち口角《こうかく》が上がった。どれもこれも美味そうで目移りしたが、まずは瑞々《みずみず》しい刺身に箸を伸ばす。

うっすらと桜色に染まる鯛《たい》は身が締まり、噛み切るとぷつりと気持ちのいい歯応《はごた》えがした。志波の捌《さば》いてくれた刺身からは、前回食べた沼地の怪魚《かいぎょ》のような泥臭さは微塵《みじん》も感じられない。潮の風味を届けてくれる新鮮な魚に、健太は恍惚《こうこつ》の表情を浮かべた。

「相変わらず美味《うま》そうに食うな」

カウンターの向こうから志波が感心顔を向けてくる。鯛に続いて鮪《まぐろ》を堪能《たんのう》していた健太は、まつげを震わせるような瞬《まばた》きをして頷いた。

「……美味しいです。それに美しいです。この刺身の艶《つや》……！」

「わかるのか。口に入れるのに夢中で目を使ってる余裕なんてないかと思ってたが」

「そんなわけないじゃないですか！　このお米の輝き！　てんぷらの黄金の衣！」

自他共に認める早食い、大食いの健太だが、決して料理の見目は軽んじていない。むしろ出された一瞬で厳しいジャッジを下しているつもりだ。志波とて料理の見栄《みば》えには気を遣っているることだろう。きちんと見ていることを伝えたくて健太は言葉を重ねる。

「煮つけだってこんなにつやつやで……！　ほら、この、鰤《ぶり》の照りが……！」

「お客さんはいつも飯の話ばっかりだな」

笑いをこらえた声で志波に言われ、膳を覗き込んで熱弁を振るっていた健太はきょとんとする。今の流れで、飯以外のどんな話をしろというのか。

見当がつかず目をぱちくりさせていると、志波がわずかに目を眇《すが》めた。

「俺はお客さんの顔ばっかり見てるんだが」

もともと低い志波の声が更に低くなった。言葉の内容より、耳朶《じだ》に直接吹き込むような吐息交じりの声に気を取られ、反応が遅れる。

ぽかんと口を開ける健太を見下ろし、志波は唇に薄く笑みを引いた。

「そっちはいつになったら人の顔を見てくれるんだ？」

調理中に志波が見せる、いかにも気難しそうな職人気質《かたぎ》の表情が溶ける。目元や口元にほんのりと笑みを含ませた表情には大人の男の色香が強く漂っていて目を奪われた。醤油顔の美形だとは思っていたが、こんなにも艶《つや》っぽい人だっただろうか。

その顔で、まるで意中の相手に「こっちを見てくれ」と乞うようなセリフを囁かれ、健太はぼっと顔を赤くする。

「そ……っ、それ、また冗談ですよね!?」

「そういうことにしておいてもいいかな」

落ち着いた声で答える志波の口元をからかい交じりの笑みが掠《かす》め、健太は顔を赤くしたまま唇を引き結んだ。あれは完全に面白がっている顔だ。

呼吸を整えるように小さく息を吐き、改めて膳と向き合う。額の辺りに志波の視線を感じたがそちらは見ず、今度は天ぷらへ箸を伸ばした。メインの海老《えび》は最後のお楽しみに取っておき、衣越しに美しい緑が透《す》けて見える春菊を摘《つ》まみ上げた。

サクサクした衣の下の葉は柔らかい。口に入れると春菊独特の香りがぱっと口の中に広がって、思わず健太は「ふふ」と笑みをこぼした。旬の食材は色や香りが鮮《あざ》やかだ。それを上手に食卓へ上げる志波の手腕《しゅわん》に、斜めになっていた機嫌が一瞬で直立する。

あっさりと笑顔に戻った健太を見て、志波は押し殺した声で笑う。

「そんなに美味いか」

「美味しいです！　天ぷらって単品でも頼めましたよね？　追加注文しようかな……」

「あんまり油もんばっかり食うと胃がもたれるぞ」

「志波さんのなら大丈夫です。凄く衣が繊細《せんさい》で、軽い仕上がりですから！　衣がかりっとしてるのに具はふわふわなんですよね。これ以上の天ぷら食べたことないですよ、俺」

臆面《おくめん》もない健太の賞賛に、少し間を置いてから志波が「そんなに天ぷら好きか」と返す。健太は膳から顔を上げ、「天ぷらだけじゃないです」ときっぱり告げた。

「全部好きです。できることなら志波さんのご飯以外口に入れたくありません」

「……そりゃまた熱烈な」

「本気です」

健太は真顔で言い募《つの》る。味覚に異常をきたして他のものが食べられなくなったせいばかりでなく、そもそも志波の料理は美味いのだ。初めて来店した日の帰り道など、健太は家に着くまでずっと志波の料理の味を思い返して幸せに浸《ひた》っていた。

健太は手元に視線を落とし、煮魚を箸先でほぐしながら強い口調で言った。

「志波さんのご飯だけなんです、こんなに美味しいと思えるのは。だからもう本当に、休むときは事前にこっそり教えてください。知らずに店に来て志波さんがいなかったときの絶望ったらないですよ！」

「……絶望か」

「俺がどんな気分でこの二日間過ごしたか……！　この煮魚、夢にまで出てきましたからね！」

ほぐした魚肉を口に放り込み、「あーもう、美味しいなぁ！」と悔しさを滲ませた顔で健太は呟く。実際悔しい。毎日三食この料理が食べられないなんて。

「いっそこの店ごと志波さん買えませんかね……」

宝くじ当たらないかな、と口の中で呟いた健太は、一向に志波の返答がないことに気づいて顔を上げた。

てっきり調理に戻ってしまったのかと思ったが、志波はちゃんと健太の前にいた。片手で口元を覆い、無言で健太を見下ろしている。

健太はもぐもぐと口を動かしながら、何か妙なことでも言っただろうかと考え、ごくりと喉を上下させた瞬間、言ったな、と青くなった。

（しまった……。これもしかして、相当気持ち悪い客だな……!?）

二日振りの食事にテンションが上がり、心に秘めておくべき本音を口走ってしまった。

志波は健太の味覚障害を知らない。だから健太がこんなにも志波の料理にこだわる理由もわからない。志波ごと買いたい、などと口を滑らせた自分は気持ち悪いを通り越して、最早《もはや》怖い客の部類に入る。

弁解しなければ、と口を開いたが、こちらを見下ろす志波の目元が強張っているのを見ればそんな気力も萎《しぼ》んでしまった。もう何を言っても手遅れな気がして、ただただ青ざめていると、ぱっと志波が健太から顔を背《そむ》けた。

その瞬間、直前まで空腹を訴えていた胃袋が沈黙して、健太の箸が完全に止まった。代わりに心臓が妙な具合に捻《ねじ》れ、上手く呼吸ができなくなる。

志波に拒絶された。そう思ったら口の中がざらざらした。まるで砂を噛んでいるようだ。志波の作ってくれた料理なのに。

口を動かすことも忘れて志波を見上げていると、志波がようやく口元から手を離した。

「……からかい過ぎた仕返しか？　褒《ほ》め過ぎだぞ」

「……ほっ」

褒め言葉に聞こえました⁉　というセリフを健太は呑み込む。志波の目元がうっすら赤く染まっていることに気づいたからだ。照れている、ということは悪い気はしていないということで、これ幸いと健太は力強く頷いた。

「仕返しです！　ただの全力の仕返しです！」

「だろうな。わかってる」

「でも嘘はついてません」

健太は箸を置くと、味噌汁の椀を両手で持って目尻を下げた。

「志波さんのご飯が一番美味しい」

湯気を立てる味噌汁に息を吹きかけ、一口飲んでうっとりと溜息をつく。

なんの変哲もないわかめと豆腐の味噌汁なのに、なぜこうもしみじみ美味いのか。手間暇かけて出汁をとっているのだろうと思うと、愛を感じるというよりむしろ、愛しくなる。

健太は目を閉じてじっくりと味噌汁を堪能する。だからその間、またしても志波が口元を覆って健太から顔を隠したことには気づかない。

脇目も振らず箸を進め、生卵も別途注文して白飯を二杯お代わりした健太はようやく満足して箸を置く。膨れた腹をさすっていると、カウンターの向こうから志波が腕を伸ばしてきた。

「おまけだ」と言って志波が出してくれたのは、小さな碗《わん》に入った親子丼だ。

ゴマ豆腐から始まった志波のおまけは、煮魚、角煮、手鞠《てまり》寿司と少しずつグレードを上げ、今やハーフサイズの親子丼にまでなった。もう量も内容もおまけとは言い難《がた》いが、健太も周囲のスタッフもゆっくりと慣らされ、誰ひとり食後の親子丼を見咎める者はいない。

健太にとって志波の料理はいつだって別腹だ。満腹だったはずの腹は瞬時に親子丼のためのスペースを作り、健太は喜び勇んで箸を取る。

半熟の玉子が絡《から》まる甘辛い鶏肉《とりにく》をはふはふと口に入れ、健太は無言で頬を緩《ゆる》めた。白米の上で輝くとろとろの玉子のように、自分の顔もとろとろと溶けていくのがわかる。

「本当に、幸せそうに食べるもんだな」

カウンターの奥で志波が苦笑する。あっという間に丼を空にした健太は志波を見返して、

「幸せです」と笑った。

布巾で包丁を拭っていた志波が手を止めてこちらを見る。また何か妙なことでも言ったかと慌てて口を閉じたら、ふっと志波の目元が緩んだ。

「……俺もだ」

これまで見た中で一番優しい顔をして、「料理人冥利《みょうり》に尽きる」と志波は笑った。

柔らかな笑顔に目を奪われる。眩《まぶ》しいものを見てしまった直後のように目を瞬かせていると、志波がカウンターの向こうから身を乗り出してきた。

志波が空になった膳を取り上げる。それだけのことなのに、目の前に迫《せま》る大きな体に息が止

まった。志波はすぐに身を引いたというのに、呼吸だけが戻らない。志波の手に心臓を握り込まれ、ゆるゆると圧をかけられている気がする。

息苦しいほどの胸の高鳴りに困惑する健太を置き去りに、志波は軽い口調で続ける。

「お客さんみたいな人が嫁さんだったら、家でも料理の作り甲斐がありそうだな」

掌で柔らかく包まれていた心臓を、前触れもなくきつく握り込まれた錯覚に陥《おちい》り健太は鋭く息を呑む。胸を貫《つらぬ》いたのは確かな痛みで、とっさに掌を心臓の上に当てていた。

汚れた器を洗い場に運ぶ志波は健太の表情の変化を見ておらず、健太を振り返ると軽く眉を上げた。

「なんだ。立候補しないのか？」

「お……お嫁さんに、ですか？　そんな……」

またいつもの冗談だ。「しちゃいますよ？」と軽口を返してやろうとしたのに、失敗した。

（そんなの……男の俺じゃ無理に決まってるじゃないですか……）

無理矢理作った笑顔がひきつれて崩れる。志波が当たり前に口にした『嫁さん』という言葉が、深く心臓に刺さって抜けない。志波がパートナーに選ぶのは女性なのだと、わかりきった事実を突きつけられて傷ついている自分に困惑した。

「……どうした？　なんか喉に詰まらせたか？」

黙り込んだ健太を不審に思ったのか、志波が健太の前に戻ってくる。

見上げた顔は相変わらず精悍《せいかん》で、少しばかり取っつきにくい印象だが、健太を案じてくれていることは目顔でわかる。田口《たぐち》は強面《こわもて》だと怯えたが、そこに浮かぶ表情が存外優しいことに気がついたのは、カウンター越しに志波と話をするようになってすぐのことだ。

何度目の来店でそれに気づいただろうと記憶を辿ろうとして、違うな、と首を振った。

(最初からだ)

初めて店を訪れたときから知っていた。料理の味がわからなくなるからと健太が酒を断ったとき、思わずといったふうにこちらに顔を向けた仕草や、綺麗に魚を食べた健太を見る感心したような眼差しや、プロポーズなら渋谷でと告げた馬鹿まじめな口調や、健太に見えるように土鍋を傾けてくれたときの悪戯っぽい笑みを見たときから知っていた。

この人はいいなと、ずっと思っていたはずだ。

「……おい、本当にどうした？」

心配顔の志波に顔を覗き込まれ、肋骨《ろっこつ》の内側で心臓が大きく跳ねた。骨の軋《きし》む音すら聞こえた気がして、健太は服の上から強く胸を押さえる。それを見た志波がますます身を乗り出してくるので、健太は過呼吸に陥ったように喉を反らした。

「なん……っ、なんでもありません！」

「なんでもないってことはないだろ。どうした、どっか詰まらせたか。水いるか？」

間近に迫った志波を直視することができない。激しく目が泳ぎ、志波の目元、鼻、唇と掠めた視線が、首筋に至ってぴたりと止まった。

調理服の白い襟元《えりもと》からすらりと伸びる志波の首。この距離なら肌の匂いまで漂ってきそうだと思った刹那《せつな》、強烈な空腹と喉の渇《かわ》きを覚えてぎょっとした。

たった今、たっぷりのおかずと三杯飯を食らい、おまけに親子丼まで食べたというのに。突然の飢餓《きがかん》感に動転する。それでも志波から目を逸らせない。視線が顔と首とを往復する。

ごくりと喉が上下して、口の中に生唾《なまつば》が溜まっていたことを自覚した。自身の不可解な反応に狼狽《ろうばい》して、健太は慌ただしく席を立つ。

「お、お会計を……！」

「なんだ、どうした。水ぐらい飲んでけ」

もう志波の顔を見ることもできず、会計を済ませるや健太は逃げるように店を出た。

十分な量の食事はとったはずなのに足元が覚束《おぼつか》ない。店の出口で貧血を起こしたようによろけ、背後から志波に声をかけられたが振り返れなかった。

今志波の顔を見たら喉の渇きが悪化する。そんな背筋が薄ら寒くなる予感に背を押され、健太は足早に店から離れたのだった。

しばらく米田には足を向けない方がいい。志波にも会わない方がいい。

薄暗い危機感に駆られて店を出た健太は固く心に誓って家路についた。

その同日、健太は閉店間際の米田で夜のコースを食べていた。

（……意志薄弱過ぎるだろ、俺）

いつもは夜の営業が始まると同時に来店する健太だが、今日は米田に行かないつもりで開店時間を過ぎても家に閉じこもっていた。だが空腹には勝てず、せめて匂いだけでも、と店まで来てしまったのがいけなかったらしい。店内から流れ出す米の匂いに足が釘づけになり、散々迷った挙句、最終入店時間直前に店に飛び込んでしまった。

せめてもの救いは、今日はカウンターが埋《う》まっていたため二人掛けのテーブルに通されたことだろうか。カウンターに背を向ける格好で席に着いた健太は、店に入ってからまだ一度も志波の顔を見ていない。

料理が運ばれてくれば健太は食べることに夢中になる。だが、今日は背後のカウンターが気になって集中できない。志波がこちらを見ているわけもないのに首筋にちらちらと視線を感じ、錯覚だとわかっていても落ち着かなかった。

その上、志波の顔を見ずに食べる食事はなぜかいつもより味が淡泊だ。不味《まず》いわけではないのだが、正直物足りない。

いつもより格段に遅いペースで箸を動かしていると、あっという間に店内の客がまばらになった。ようやく食べきる頃には店が暖簾を下げる時刻が近づいていて、慌てて席を立とうとしたらふっとテーブルに影が落ちた。

「食後のデザートはいかがですか？」

耳に馴染んだ低い声に、健太の体がびくりと跳ねる。振り返れば、調理服姿の志波が背後に立っていた。

志波がカウンターから出ることは珍しい。料理を運ぶのは主にフロアスタッフの仕事だ。

驚いたが、それ以上に胸が弾《はず》んだ。今夜は志波の顔を見ずに帰ると決めていたはずなのに、こうして一日でも見られると嬉しくなる。わずかに唇を緩ませた健太だが、次の瞬間、喉に砂でも流し込まれたような渇きを覚えて口元を強張らせた。

やはりおかしい。志波の顔を見ただけでこんなに喉が渇くなんて。

一転して顔色を失った健太を見て、志波が微かに眉を寄せた。健太は異変を悟られぬうちに店を出ようと伝票を摑んだが、志波がテーブルに置いた湯飲みを見て動きを止める。

「それでも飲んで、会計はちょっと待ってろ」

それだけ言って、志波は健太に背を向ける。

テーブルに置き去りにされた湯飲みには、淡い玉子色の液体が注がれている。口に含んで目を見張った。ぴりりとショウガを効かせた玉子酒だ。

デザート代わりの玉子酒を有り難《あがた》く頂戴《ちょうだい》しながら、健太はメニューに手を伸ばした。飲み物のページをぱらぱらとめくってみたが、玉子酒の文字は見つからない。

これまで志波が食後のおまけに出してくれたのは店のメニューに載っているものばかりで、

いわば賄《まかない》のようなものだった。だがこの玉子酒はメニューにない。まさか自分のためだけにわざわざ作ってくれたのだろうか。

湯飲みを見詰めて考え込んでいたら、背後から志波に声をかけられた。振り返ると、これまた珍しく志波がレジに立っている。

志波の顔を見た健太は、喉の渇きをごまかすために玉子酒を飲み干して席を立った。その後はなるべく志波の顔を見ないように会計を済ませ、深く会釈《えしゃく》をして店を出る。

外に出ると冷たい夜風が火照《ほて》った頬を冷やし、健太は緊張で詰めていた息を深く吐いた。

「寒いな」

気を抜いたところで背後から志波の声がして、危うく声を上げそうになった。慌てて振り返れば、たった今健太がくぐったばかりの暖簾を掻き分け、志波まで外に出てきたところだ。

健太は驚きの声を寸前で呑み込む。外に出るなり志波が調理帽を脱いだからだ。

志波はいつも前髪を後ろに撫でつけて調理帽をかぶり、こだわりもなく額《ひたい》を露《あら》わにしていた。

それが帽子を脱いで前髪を崩しただけで、がらりと雰囲気が変わった。

(この人髪下ろした方が格好いいな⁉)

四角四面の仏頂面に華が加わる。ちょっと渋めの映画俳優、などと言われたら信じてしまいそうだ。衝撃で身じろぎもできない健太に、志波が白いビニール袋を突きつけてきた。

「これ持ってくか?」

差し出された袋に詰め込まれていたのは、大量のネギだ。しかも青い部分だけである。

突然そんなものを押しつけられ困惑する健太に、志波が言葉を添える。

「知らないか？　ネギの青い部分は風邪に効く」

「風邪……ですか？」

「……違うのか？　昼間来たときも調子悪そうにしてただろ？」

志波が昼から健太の体調を気にしてくれていたらしいと知り、ショウガの効いた玉子酒を飲んだときのようにふわっと胸が温かくなった。嬉しさで言葉が詰まり、黙っていたら「これも持ってけ」と志波に別の袋を押しつけられる。

こちらはプラスチックの保存容器が二つ入っている。蓋《ふた》の向こうにうっすらと透けて見えるのは、親子丼だろうか。

わっと表情を輝かせた健太の前で、志波が小さく咳払《せきばら》いをした。

「……明日の昼は、それでも食ったらどうだ」

「明日……？　あっ！　もしかして明日、志波さんお休みですか⁉」

「そういうわけじゃないが……お客さん、まだ学生だろ。毎日店に来てくれるのはありがたいが、金は大丈夫なのか？　無理なバイトとかしてないだろうな？」

志波が心配するのも無理はなく、米田の価格設定は決して安くない。だからといって店の人間が、店に来なくて済むよう客に料理を持たせてくれるとは。

さすがに人が好過《よ》ぎはしまいか。健太の方が心配になり、両手に持ったビニール袋に難儀しながらも財布を取り出す。

「あの、じゃあ、この親子丼のお金払います」

「いらん。ただの残りだ」

「いやいや、嘘ですよね？　出来立てですよね、これ！」

食い下がろうとしたら、志波が身を屈《かが》めて健太の顔を覗き込んできた。

普段は座った状態で志波を見ているので身長差がよくわからなかったが、こうして見ると志波は背が高い。上から覆い被《かぶ》さるように顔を覗き込まれ、声が喉元に絡まった。そうでなくとも前髪を下ろした志波はいつもと雰囲気が違い、三割増しに男前だ。心臓に悪い。

志波は健太から目を逸らさぬまま、潜《ひそ》めた声で呟く。

「……うちの料理を気に入ってくれたのはありがたい。でも本当に、無理はするなよ」

「む、無理なんか……。それに、若いうちは多少の無茶くらい！」

健太は明るく笑って場の空気を軽くしようとしたが、逆に志波の声は低くなった。

「それと同じようなこと言って、無理がたたって倒れた奴なら知ってるぞ」

「さすがにそれは心配し過ぎで――」

「俺の母親だ。俺が十四のときに過労で死んだ」

健太の口元が固まる。笑顔が一瞬で凍りつき、健太は青ざめた顔で視線を下げた。

すみません、と口走りそうになり、自分でも何に対する謝罪なのかよくわからず口ごもる。志波の胸の柔らかな部分に無神経に爪を立ててしまった気がして、顔を上げられない。

いつまでも俯《うつむ》いていると、大きな手でがしっと頭を摑まれた。すぐさま頭が前後に揺れるほど手荒に撫でられ、健太は慌てて地面を踏みしめる。

「お客さんの実家が途方もない金持ちって可能性もあるしな。的外れな心配だったら聞き流してくれ。だが、体を大事にするのは悪いことじゃないだろう？」

体がぐらつくほど頭を撫でられながらも頷くと、ようやく志波が手を離してくれた。見上げた志波は唇に薄く笑みを浮かべていて、少しだけほっとする。母親の死を語った志波が淋しい顔をしていたらどうしようかと気が気でなかったのだ。

健太が素直に「気をつけます」と告げると、志波も安堵したように笑みを深くした。

「でもこのネギ……こんなにたくさん何に使えばいいですかね……？」

「味噌汁に入れたり、鍋に入れたり好きにしろ。ネギの青い部分についているねばねばが風邪に効くんだ。喉に巻いてもいいしな」

「かなり古風な民間療法ですけど、効くんですか？」

「さぁな。でも俺がガキの頃はよく祖母《ばあ》ちゃんがやってくれた。焼いた梅干し額に貼ったり」

「梅干し焼くのは初めて聞きました！　志波さんもそれやったんですか？」

志波の子供時代の話に健太は目を輝かせる。志波がそんなふうに風邪を治していたことも意外なら、お祖母ちゃん子だったことも意外だった。

考えてみれば、志波が個人的な話をしてくれるのは初めてだ。カウンター越しに二言、三言声をかけられることはよくあったが、作業の合間だったのでゆっくり話すことはなかった。

ラストオーダーの時間を過ぎ、店の客がほぼ捌《は》けた時間帯でなければ外まで健太を追いかけてきてくれることもなかっただろう。そう思うと店に行くか否か迷っていた数時間前の自分を褒《ほ》めてやりたいくらいだ。

とはいえ店の後片付けを控え、志波も暇ではないらしい。軽く健太の肩を叩くと、ゆるりと店に足を向けてしまう。

「ともかく、無理だけはするなよ。後で痛い目見るからな」

そう言って背中を向けかけた志波を、健太は慌てて呼び止めた。

「あの……っ！　無理はしてないので、明日も来ていいですか？」

志波が驚いた顔で振り返る。その視線が健太の持つビニール袋に向かったのを察し、健太はぐっと袋の持ち手を握りしめた。

「これは明日の朝ご飯にいただきます！　三食志波さんのご飯が食べられて幸せです！」

力強く宣言する健太を見て、志波は口元にじわりと笑みを滲ませた。

「あんまり人を喜ばせるな。これ以上の土産はないぞ」

「そ、そんなつもりは……！」

「わかってる。でも嬉しいもんだぞ。そういう飾りっけのないセリフは」

笑いながら志波が前髪を掻き上げる。笑いの下に潜むのは、どこか照れくさそうな表情だ。初めて見る顔だ、と思ったら、健太の喉がごくりと鳴った。口の中に、後から後から生唾が溢れてくる。

棒立ちになった健太に気づいたのか、暖簾をくぐりかけていた志波が振り返った。

「どうした？」

店から漏れる橙色《だいだいいろ》の光を背に、志波がゆったりと笑う。穏やかに優しい表情に目を奪われ、唇が不用意な言葉をなぞった。

「……いえ、その……美味しそうで」

ぼんやりと健太が呟けば、志波は軽く目を見開いた後、柔らかな苦笑を漏らした。

「人の顔見て美味そうってなんだ？」

志波の表情につられて健太も笑う。そのときはまだ自分の言葉の不自然さに気づかず、鋭く吹きつけた北風に頬をはたかれ、はっと我に返った。

人間相手に美味しそうなんて、普通はどう間違えても出てこない。

志波は凍りついた健太の笑みには気づかず、「気をつけて帰れよ」と言い残して店に戻ってしまった。

志波の姿が見えなくなった途端、喉の渇きが弥増《いやま》した。満腹なはずなのに、かつてない飢餓

感に襲われ足元がふらつく。

健太は店に背を向けると、現実を直視したくない一心で足早に家路についた。

自宅に戻ると、一直線に風呂へ向かった。寒いわけでもないのにガタガタと体が震えている。心の乱れそのままに乱雑に服を脱ぎ、ふと脱衣所の鏡を見て驚いた。鏡の向こうの自分は血の気の失《う》せた青白い顔をして、目の下にひどい隈《くま》ができている。

やつれた顔に驚きながら体重計に乗ってみると、三キロ近く体重が落ちていた。

味覚障害が始まってから、食事は一日二回になった。それでも米田に行けば腹がはちきれるほど白飯をお代わりしていたし、店の定休日には少量でも高カロリーを摂取できる栄養補助食品などを無理矢理腹に押し込んでいた。こんなに体重が落ちるはずもないのだが。

健太は暗い顔でみぞおちの辺りをさする。

店で食事をしてから、まだ数時間しか経っていない。空腹を感じる暇などないはずなのに、もう腹が減っていた。

こうしている今も、志波のいる店に戻りたい。

(あの人の料理が食べたい……?)

だったら志波がくれた親子丼を食べればいい。そう思うのに一向に足が動かない。そういうことではないのだと、頭より先に体が理解して訴えている。

料理が食べたいのではなく、志波の顔が見たいのかもしれないと思い直した。今日だってカウンターに背を向けて食べる料理は味気なかった。それとも声が聞きたいのだろうか。真面目な顔で冗談を言う志波に翻弄《ほんろう》されたいのかもしれない。

それとも。

(あの人自身を――)

志波に向かって美味しそうだと呟いた自分の声を思い出す。

志波は食べ物ではないのに、と笑い飛ばそうとしたが、志波の首に歯を立てる様はあまりに容易に、その上鮮明に思い浮かんでしまい、健太は蒼白になってずるずるとその場に膝をつくことしかできなかった。

あちこちの病院を回ったが、健太《けんた》の味覚障害はいつまでも改善されなかった。必要なカロリーは摂取《せっしゅ》しているはずなのに、日々体重が減少していく原因も特定されない。

唯一志波《しば》の作ってくれる料理だけはまともな味を保ったままだったが、日が経《た》つにつれ健太は米田《よねだ》に足を向けることすらできなくなってしまった。

志波を見ていると、ごまかしようもなく喉《のど》が渇《かわ》くのだ。胃袋は満たされているはずなのに、ひどく飢《う》える。

先日はとうとう、こちらに背を向けた志波の肩を摑んで引き寄せてしまいそうになった。そのとき自分が凝視《ぎょうし》していたのは、志波の薄く日に焼けた首筋だ。

本気で席を立ちかけた自分に驚き、日々その衝動が大きくなっていく事実に怯《おび》え、ここ数日健太は店を訪ねられずにいる。

両親は相変わらず親戚に高祖父《こうそふ》のことを聞いて回っている。若かりし頃、見合いの席で先祖返りの症状が出た高祖父は六十歳を過ぎて亡くなったらしい。先祖返りした後もなんとか生きていく術《すべ》はあるのだろう。だが親族の好奇な目を嫌ったのか、高祖父は親戚の集まりには滅多に顔を出さなかったそうで、どんな生活をしていたのかは謎のままだ。直近で先祖返りをしたのは健太の高祖父くらいだが、時代としては百年も前に生きていた人だ。そう簡単に情報は集まらない。

米田通いをやめた途端、体重の減少が加速した。今では水とチョコバーを口に運ぶのがせいぜいで、それも泥《どろ》を固めたような味なので少ししか胃に収めることができない。

味覚障害を起こしてからすでに一ヵ月。年の瀬も迫り、特番続きのテレビをぼんやりと眺めながら、健太はか細い溜息をついた。

「俺、このまま衰弱《すいじゃく》してくしかないのかなぁ……」

自分では溜息をついただけのつもりだったのだが、胸に凝《こご》っていた不安まで一緒に吐き出していたらしい。居間のソファーで一緒にテレビを見ていた父がコーヒーを噴き出した。

「ちょ、健太、そんな気弱な……」

「だってさぁ、一ヵ月で体重五キロ落ちるとか異常だよ……」

腹が減り過ぎると思考も淀《よど》むものらしい。自然と考えも自暴自棄になり、最近は大学にも顔を出していない。卒論は概要《がいよう》が固まっているので年明けにラストスパートをかければなんとかなるだろうが、問題は自分にその体力が残っているかどうかだ。

いつになく覇気《はき》のない顔をする健太を見て、父はそっとキッチンを振り返る。視線の先では、母が夕食の後片づけをしている最中だ。

キッチンから響く水音に紛れ込ませるように、父はそっと健太に耳打ちした。

「……ちょっと誰かの血とか吸ってみる？　つがいの血じゃなくても、何か効果があるかもしれないし」

「また無茶苦茶な……大体、誰かって誰の」

「父さんの血でよければいつでも提供するよ」

健太は横目でちらりと父を見る。腕まくりをした父の腕はふよふよと柔らかい。その腕にかぶりつきたいとは微塵《みじん》も思えず、健太は陰鬱《いんうつ》な顔で首を横に振った。

「もしも俺が血を吸って、父さんまで吸血鬼になったらどうすんの？」

「それは困る……けど、血を吸った相手に症状が感染するとは限らないから」

「……可能性がある以上、試す気にはならないよ」

益体《やくたい》もない会話を続けながら、健太は志波の手を思い出す。

カウンターの向こうで鮮《あざ》やかに魚を捌《さば》き、火を操《あやつ》り、野菜を水にくぐらせていた志波の手は、いつだって艶《あで》やかに水で濡れていた。鍋や盥《たらい》など重い物を持ち上げるときは、手首から肘《ひじ》にかけて綺麗な筋が浮く。

父親の腕を見たときは何も思わなかったのに、志波の手を思い出しただけで口の中に唾《つば》が湧《わ》いた。ごくりと喉を鳴らし、干上がった喉を無理やり潤《うるお》す。

頭に浮かんだ志波の姿を打ち消すべく、健太はどんよりと濁《にご》った目でテレビを眺める。

空腹は人から正常な思考力さえ奪っていくらしい。平時なら馬鹿らしいと笑い飛ばせる「ご先祖様は吸血鬼」という世迷言《よまいごと》を、最近の健太はかなり本気で受け入れ始めている。それにまつわる諸々《もろもろ》の事態も受け止め、自分は志波の血が飲みたいのだろう、と認めるようにすらなった。となると自分は志波を恋愛的な意味で好きだということになるが、血を飲みたいという人間離れした欲求を受け入れることに比べたら、同性の志波に恋をしていることなど、さほど思い悩むことでもない。

実際志波のことは嫌いではない。だったら好きと言ってしまっても差し支えはなさそうだ。「好き」と「嫌いじゃない」の間には浅そうに見えてとんでもなく深い溝《みぞ》があるのだが、頭に血の回っていない健太に破綻《はたん》のない思考を重ねることは至難《しなん》の業《わざ》だ。

「……俺に血を吸われたら、相手も俺みたいに味がわからなくなるのかな」

砂袋のように重たい頭を掌《てのひら》で支え、健太はぼんやりと呟く。

吸血鬼も、恋した相手が同性だということも、どんどん些末《さまつ》な事柄に成り下がっていく中で、この問題だけはいつまでも健太にとって切実だった。もし万が一自分が志波に嚙みついてしまったら、そして志波にまでこの症状が感染《うつ》ってしまったら。

志波は料理人だ。舌が使えなくては仕事にならない。志波が料理の道を選んだいきさつは知らないが、一生の仕事にしようと決めたそれを奪う真似だけはしたくなかった。

「健太、起きてる……？　ねえ、最近ずっとウトウトしてるけど、本当に大丈夫？」

心配顔の父に顔を覗き込まれ、健太は緩慢《かんまん》に首を動かす。眠いのか意識が薄れているのか自分でもよくわからないが、衰弱《すいじゃく》が進んでいることだけは間違いない。

「またあのお店に行ってみたら？　米田だっけ」

「……行ったら迷惑になる」

「だってこのままじゃ健太の方が倒れちゃうよ」

それも致し方ない。志波を道連れにするよりずっとましだ。店に行くべきだと繰り返す父に適当な相槌《あいづち》を返していたら、突然母が居間に飛び込んできた。

「本当ですね！　では明日にでもそちらにお伺いしますので、よろしくお願いします！」

大きな声に驚いて、さすがに健太も顔を上げる。

先程まで洗い物をしていたせいか、濡れた手で携帯電話を持った母が誰かと会話をしている。

父と二人で何事かと見守っていると、通話を終えた母が震える指で携帯電話を握りしめて言った。

「曾《ひい》お祖父《じい》ちゃんの実家と連絡がとれたわ……！」

「え……っ、曾お祖父ちゃんって……俺の曾々《ひいひい》祖父ちゃん？　先祖返りしたっていう？」

「そう、ほんの三代前の人なのに全然連絡がとれないからもう駄目かと思った……！」

そうだね、と頷きつつ、でも俺から見ると四代も前なんだよな、と健太は思う。顔も知らなければ名前も知らない。今や親戚同士のつき合いもない。むしろよく連絡がとれたものだ。

母の話によると、高祖父の生家は九州地方のとある離島にあるという。

この時点ですでに健太は目を丸くしている。健太の祖父母はもちろん、伯父《おじ》や伯母などの親戚と顔を合わせる場所はほとんどが東京周辺で、水上《みなかみ》家は昔から東京に根を張っていたのだとばかり思っていた。

高祖父の生家には、その玄孫《やしゃご》に当たる人々が住んでいるらしい。かなり大きなお屋敷だそうで、敷地内には蔵もあるそうだ。一族に蔵持ちのお金持ちがいることも初耳である。

残念ながら高祖父の玄孫も高祖父本人と言葉を交わしたことはないらしいが、蔵には高祖父の残した手記が残っているという。もとは海洋生物の研究者だったという高祖父は、突然変調をきたした自分自身も研究対象のひとつとして扱ったらしい。

「すごい量の資料だから、家の人たちも内容は全部把握してないみたいなの」

「だったらすぐに事情を説明して、コピーか何か送ってもらおう！」

「それがね、門外不出の禁書だからコピーはできないって。水上家の人間なら閲覧《えつらん》自体は問題ないけど、見たければ直接来てほしいって言うのよ」

「えっ、九州まで……？」

一度は立ち上がりかけた父が、すぐさまソファーに逆戻りする。東京から九州へ移動となれば飛行機を手配しなければならない。両親はしばらく何やら話し込んでいたが、ソファーにぐったりと沈み込み、積極的に会話に参加してこない健太を見て腹を決めたらしい。ものの数分で九州に行くことを決定した。

父は明日が仕事納めだ。一刻も早い方がいいだろうと、会社帰りに間に合うチケットをパソコンで探し始めた。

しかし年の瀬の迫ったこの時期、世間は帰省ラッシュでなかなかチケットが取れない。とりあえず二枚は確保したと告げる父に、健太は力なく言った。

「じゃあ、父さんと母さんの二人で行ってきて。母さんだけじゃ大変だろうし、父さんだけだと不安だし」

両親は顔を見合わせたものの、立ち上がるのも億劫《おっくう》そうにしている健太に長旅をさせるのも酷《こく》だと判断したらしい。何かわかり次第すぐに連絡するからと約束して、すぐさま荷造りを始めた。

翌日の夕暮れ、スーツケースを引きずって母は家を出て行った。会社から直行する父とは空港で落ち合うそうだ。

健太は力なくそれを見送り、ぐったりとソファーに沈み込んだ。

食卓の上には母が買い込んだ栄養補助食品が山と積まれているが、それらを口にするつもりはなかった。心配する両親の手前、毎日無理して食べ物を口に運んでいるのだが、さびた鉄やカビの味がする食べ物を飲み込む行為は、正直苦痛以外の何物でもない。

今日はこのまま何も食べずに眠ってしまおうと、健太は西日の射《さ》し込《こ》む居間でとろとろとまどろむ。最近めっきり体力が落ちて、一日の半分近くを眠って過ごすようになった。つけっぱなしのテレビの音にときどき意識が浮上して、沈み、また浮上してを繰り返していると、志波が出てくる夢を見た。

志波は白い調理服を着て、米田のカウンターの奥で何か作っている。真剣な顔で包丁を握っていたが、健太の視線に気づいたのかこちらを向いた。

健太と目が合うや、険《けわ》しかった志波の目元が緩《ゆる》んだ。直前まで唇を引き結んで作業をしていたのが嘘のように、形のいい薄い唇もほどける。

「そんなに熱心に見てても、飯が炊ける時間は短くならないぞ」

苦笑が優しい眼差しに変わる。いつか見た光景だ。

夢の中で、志波は何度も健太を振り返る。思えば現実でも、志波とは食事中によく目が合った。志波と同じようにカウンターの奥で作業をする料理人とはほとんど視線が絡《から》んだ記憶はないのに。

「美味《うま》そうに食うな」と志波に言われた回数も数えきれない。単にからかわれているだけだと思っていたが、それだけ志波が健太の顔を見ていたということだろうか。

カウンターの向こうから志波がこちらを見る。その視線を引き止めたくて身を乗り出したら、体が動いて目が覚めた。

外はすっかり日が落ちて、真っ暗な室内でテレビだけが青白い光を放っていた。賑《にぎ》やかなテレビの画面をぼんやり眺め、健太はたった今見た夢を思い返す。

（……志波さんの顔しか覚えてない）

志波は何か料理を作っていたのだが、何を作っていたのかまではわからない。そもそも夢の中の自分は料理になんの関心も示していなかった。ここ数日見ていなかった志波の笑顔に見惚《みと》れるばかりで。

段々と目が冴えてくると、胃袋がきりきりと空腹を訴え始めた。空腹は心細さも一緒に連れてきて、健太はソファーの上で子供のように体を丸める。

（志波さんに会いたい）

米田に行きたい、ではなく、志波の料理が食べたい、でもなく、志波に会いたいと思った。

もしかするとその想いの一枚下には、志波の血をすすりたいという猟奇的《りょうきてき》な衝動が隠されているのかもしれないが、一度会いたいと思ってしまったらもう歯止めがかからなかった。

健太はふらふらと起き上がって時刻を確認する。思ったより長く寝込んでいたようで、すでに夜の九時近い。

米田の最終入店時刻は八時半。十時には完全に店が閉まる。

今から駆けつければ、店の灯《ひ》を落として家路につく志波を遠目から見ることができるだろうか。さすがにそんなにタイミングよく顔を合わせることは難しいか。

（……それでもいい）

健太は勢いをつけてソファーから立ち上がる。むしろ会えない方がいい。数日振りに志波の顔を見たら、今度こそ本当に志波に襲い掛かってしまうかもしれない。

健太はよろけながらもコートを羽織り、携帯電話と財布と家の鍵だけポケットに突っ込んで外に飛び出した。

忘年会帰りらしきサラリーマンや、悪酔いした学生で込み合う電車を乗り継ぎ、米田に到着したのは夜の十時を過ぎる頃だった。

店はすでに暖簾《のれん》を下げ、明かりも全て落ちている。周囲の店も軒並み営業を終え、人通りも少なくなった夜道に健太はひとり立ち尽くした。

店の入り口にはシャッターが下りていて、中に人のいる気配はない。家を出るときは志波に会えない方がいいと思っていたのに、本当に会えないとなると急に口惜《くや》しくなるから勝手なものだ。

健太は店の向かいに立つ電柱に凭《もた》れ、深く長い溜息をつく。ただでさえ体力が限界に近かったのに、そこに予想以上の落胆が重なってすぐには動き出せそうもない。

もう一度溜息をつき、健太は米田が入っているビルを見上げる。上階の窓にはちらほらと明かりがついていて、まだ仕事をしている人たちがいるらしい。白々と明るい窓をぼんやり見上げていたら、米田の入り口の右手にある、ビルの出入り口から誰かが出てきた。

上で働いている人だろうか。こんなところで茫洋《ぼうよう》と佇《たたず》んでいたら通報されてもおかしくない。鈍《にぶ》い動作で電柱から離れた健太は夜道に出てきた人物に目を向け、硬直した。

ビルから出てきたのは、志波だ。帰るところらしく、すでに調理服は脱いでいる。当然調理帽もかぶっておらず、無造作に髪を下ろし、黒のモッズコートなど着ていた。店で見るより断然若い出《い》で立《た》ちに驚いて、一瞬人違いをしたのかと思った。

志波は一度健太の前を通り過ぎようとしたが、こちらの視線に気づいたのか歩調を緩《ゆる》め、健太の顔を認めるや驚いた顔で足を止めた。

突然のことに、二人揃って立ち尽くすことしばし。驚きから立ち直るのは志波の方が早かった。黒のボディバッグを背負い直し、志波は大股で健太のもとまでやって来る。

「いつからここにいたんだ。店が開いてる時間からか?」

「い、いえ……たった今……」

答えながら、健太は忙《せわ》しなく視線を泳がせる。

志波の顔を見たら襲い掛かってしまうのではと心配していたが、それどころではなかった。端正な調理服と砕《くだ》けた私服の落差に驚くばかりで、束《つか》の間《ま》空腹も吹っ飛んだほどだ。

「店に来てくれたのか？　悪いな、もう閉めちまったんだが……」

「あ……いえ、そういうわけでは……」

段々と驚きが薄れてくると、今度は苦しいくらいに胸が高鳴り始めた。

前髪を下ろした志波はただでさえ男振りが上がるのだ。その上今日はいつもの白い調理服ではなく全身黒で統一していて、普段に増して精悍さが際立った。

自然と俯《うつむ》き気味になる健太の顔を、志波がわざわざ身を屈《かが》めて覗き込んでくる。

「最近見てなかったが……ひどい顔色してるな。ちゃんと飯食ってるのか？」

急接近した志波の顔に驚いて、健太は馬鹿正直に首を横に振った。

「……食ってないのか？」

「いえ……っ、今日はまだ食べてないってだけで……！　あ、朝は一応、シリアル的な……」

「最後に米食ったのいつだ？」

健太の言い訳を断ち切り、低い声で志波が尋ねる。

顔を上げれば、中途半端な言《い》い逃《のが》れを許さない顔で志波がこちらを見ていた。ごまかせないと悟《さと》るや、空気の抜けた風船のように健太の下手な笑顔がしぼんだ。

「……五日前です」

「うちで食った飯が最後か」

当たりだ。志波がひとつひとつ土鍋の火加減を調整しながら炊いた米が最後だ。

頷いたら、じわっと目の端に涙が滲《にじ》んだ。

空腹は本当に厄介《やっかい》だ。感情の箍《たが》が外れやすくなる。自分でも何に泣いているのかわからない。まともに食事ができないからか、数日振りに志波に会えたからか、それとも、最後に健太が店を訪れた日を志波も覚えていてくれたからなのか。

本格的に鼻の奥が痛くなってきたところで、突然志波に手首を摑まれた。そのまま志波は踵《きびす》を返し、健太もつんのめるようにして夜道を歩き始める。

何事かと前を行く志波を呼び止めると、志波が肩越しに振り返った。

「飯を食わせてやる」

「えっ、でも、お店はもう閉まってるんじゃ……」

「うちに来い」

短く告げ、志波は再び健太に背を向ける。

「で、でも俺、ただの客でしかないのにそこまでしてもらうわけには……」

健太の訴えには振り返らず、「名前」と志波は低い声で言った。

「お客さん、名前は？」

「え、水上……健太ですが……」

「この仕事について長いが、客に名前を訊いたのは初めてだ」

要領を得ず「はぁ」と気の抜けた返事をすると、志波に強く手首を摑まれた。

「だからもう、ただの客じゃない。それでいいだろ」

話はこれまでとばかり志波は足を速める。

今この瞬間、志波の中で自分はただの客ではなくなったらしい。そう思ったらどぎまぎして、健太はもう何も言えず志波の後をついていった。

駅とは反対方向に十分も歩くと、ちらほらと一般住宅が増えてきた。この辺りのアパートでも借りているのかと思ったら、予想に反して志波の家は一戸建てだった。

驚いて足を止めてしまった健太の腕を、いくらか加減した力で志波が引く。

「……あの、こんな時間にお邪魔して、ご家族の方の迷惑になるのでは……」

「妙な気は遣うな。ひとり暮らしだ」

「一軒家にひとり暮らしって、凄いですね……」

「凄くはない。俺の祖父さんが建てた家だ。ガキの頃から住んでる」

横開きの玄関扉を開けた先には広々とした靴脱ぎがあり、正面に長い廊下が伸びていた。向かって右には二階に続く階段がある。

今時珍しい土壁の家だ。廊下や柱は時代を経《へ》た飴《あめ》色に輝いている。

玄関に設《しつら》えられた靴箱は大家族で使ってもまだ余裕のありそうな大きさだが、靴脱ぎには志波のものだろうサンダルがぽつりとひとつ置かれているばかりだった。

先に靴を脱いだ志波に促《うなが》され、戸惑いながら家に上がる。長く続く廊下の左手には襖《ふすま》が並んでいて、二間続きの部屋があることが知れた。突き当たりは台所の入り口らしい。

志波は廊下の奥の襖を開けて部屋の灯《あか》りをつける。十畳ほどの和室は客間だろうか。

「適当に座ってろ。何か簡単な飯作ってやる」

「え……えぇっ？　あの、そんな、そこまでしてもらうわけには……」

志波にそこまでしてもらう義理がないことは明白だが、健太も目が回るほど腹が減っているので強く止めることができない。まごまごしているうちに、志波は客間と台所を隔《へだ》てる格子戸《こうしど》を開けて奥へ行ってしまった。

格子戸の向こうは、キッチンより台所と呼ぶのがふさわしい調理場だ。水道の横には給湯器がついていて、壁に埋め込まれた換気扇《かんきせん》からはスイッチの紐《ひも》がぶら下がっている。流し台のシンクは無数の傷がつき、柔らかく曇《くも》った光を跳ね返していた。

古くはあるが、きっちりと整頓《せいとん》され、掃除も行き届いた台所だ。

早速上着を脱いだ志波が手を洗い始める。Vネックの黒いセーターにジーンズという見慣れない格好に見惚れ、「帰ります」という言葉が霧散《むさん》した。

それに、せっかく志波が料理を作ってくれるというのに断るのも勿体《もったい》ない。健太は迷いながらもコートを脱ぐと、客間の中央に置かれた卓袱台《ちゃぶだい》の前に腰を下ろした。

普段は茶の間として使われているのか、部屋の隅にはテレビがある。その隣には年季の入った茶箪笥《ちゃだんす》もあり、この家が住人たちと一緒に長い月日を歩んできたことが窺い知れた。

祖父の建てた家だと志波は言ったが、以前は祖父母と暮らしていたのだろうか。視線を巡らせると、隣の間に続く襖が薄く開いているのに気づいた。暗がりの奥に仏壇がある。仏壇の両脇には花が生《い》けられ、写真も並んでいるようだ。

隣の部屋までは蛍光灯《けいこうとう》の光も届かない。写真にどんな人物が写っているのかはわからなかったが、並んだ写真立ては全部で四つあった。

志波はそんなにたくさんの人を見送ったのだろうか。この家で。

そんなことを考えていたら、台所から志波に呼ばれた。

「おい、二十分待てるか？」

「えっ！　は、はい！　待てます……けど……二十分ですか？」

ピンとこない顔の健太を見て、志波はガスコンロにかけられた小さな土鍋を指さした。

「二十分で米が炊ける。その間に何か作る。何がいい？」

「えっ……！　米ってそんなに早く炊けるんですか！」

「吸水してないから店と同じ味にはならないけどな。で、何が食いたい」

健太はごくりと喉を鳴らす。五日ぶりのまともな食事だ。あれもこれもと頭に浮かぶが、あまりに数が多過ぎて、浮かんだ端から次の候補に押しのけられる。何も頭に残らない。

あちこち視線を飛ばして考え、健太は志波の濡れた手元に目を止めた。

「……おにぎりがいいです」

「そんなもんでいいのか？」

「食べたいです。志波さんが握ってくれたおにぎり」

他は？　と尋ねられたが、思いつかなかったので首を横に振った。代わりに水をもらえないか尋ねる。志波の手を見たら、急に喉が渇いた。

志波からコップにつがれた水を受け取った健太は、台所に戻っていくその後ろ姿を眺める。

志波は冷蔵庫から切り身の鮭《さけ》を取り出すと、黙々とグリルに並べ始めた。おにぎりの具に焼き鮭を入れてくれるらしい。

魚の焼ける香ばしい匂いが台所から漂《ただよ》ってきて、そわそわと落ち着きを失った健太は卓袱台の縁《へり》を無意味に指先で辿った。その指が、座った状態で苦も無く卓袱台の縁を一周してしまったことに気づいて手を止める。

よくよく見ると、丸い卓袱台は随分小さい。健太が自宅で使っているパソコンデスクと同じくらいだ。ノートパソコンを置けばもう一杯で、ノートを置く余地もなくなってしまう。

それに、使い込まれた茶簞笥やテレビ台と比べると、この卓袱台だけ新しいもののように見える。不思議に思ってまじまじと卓袱台を見ていたら、台所から志波に「どうした」と声をかけられた。

「この卓袱台、ちょっと小さくないですか？　食事のときとか、お皿載ります？」

「米と味噌汁と他二品くらいだったら問題なく載るぞ」

「……でもそれで目一杯ですよね」

この卓袱台だけ、明らかにひとり暮らし向きのサイズなのが解《げ》せない。玄関先の下駄箱や、この家自体は大勢の人が住めるくらいに大きいのに。

「卓袱台の上がスカスカしてるのが嫌いなんだ」

健太に背を向けた志波が、焼き上がった鮭をグリルから取り出しながらぽつりと言う。

志波は魚の身をバットの上で丁寧にほぐし、ぽつぽつと喋《しゃべ》り始めた。

「もともとうちは六人家族だったんだ。祖父母と両親、俺と姉貴。祖父さんは俺が小学校に上がる前に死んじまったが、それでも食卓は賑やかだった。その頃は今よりずっと大きな座卓を使ってたが、毎度座卓から皿がはみ出てたからな」

台所から鮭の香ばしい匂いが漂ってくる。それなのに健太の胃袋は沈黙したまま、口の中に唾《つば》が溢れることもない。健太はただ、背筋を伸ばして志波の言葉に耳を傾ける。

「俺が小学校に上がって間もない頃、親父が事故で死んだ。それからはお袋と祖母ちゃんと、五つ年の離れた姉貴との四人暮らしだ。お袋はいつ眠ってるんだかよくわからないくらい必死で働いて、俺が十四のときに過労で倒れた。入院して、それきり帰ってこなかった」

志波がすでに母親を亡くしていることは知っていたが、中学生で両親共に失っているとは思わなかった。掛ける言葉も思いつけずにいるうちに、志波はガスコンロの前に移動する。

「その後はちょっとグレたな。でも非行に走るにも金がかかる。親父はろくな保険に入ってなかったから保険金なんて端《はな》からないし、祖母ちゃんの年金だけじゃ夜遊びもできない。高校卒業した姉貴が働いてくれてたが、それでも生活は一杯一杯だ。中学出た後は奨学金借りて調理の専門学校に進んだが、祖母ちゃんは肺炎こじらせて卒業式まで持たなかった。卒業して、就職先が決まったと同時に姉貴は縁談がまとまって家を出た」

志波が土鍋の蓋を開ける。志波の背中の向こうにパッと白い湯気が上がったが、さすがに歓声を上げる気にはなれなかった。

「家族がひとりずつ減っていって、食卓に並べる箸やら食器の数が段々減っていくのを見てたせいかもしれないな。姉貴が家を出た後、昔から使ってた座卓は捨ててそれにした。ひとりで飯を食ってても、それなら余白が気にならない」

土鍋の米をしゃもじでかき混ぜ、志波は水で濡らした大きな掌に塩を振る。炊き立ての米は熱いだろうに、ひょいひょいとおにぎりを握る顔は熱さを感じさせない。

大ぶりなおにぎりを海苔《のり》で巻き、長方形の皿に三つ並べて志波が客間に戻ってくる。卓袱台に置かれた皿を見て、健太は小さく瞬《まばた》きをした。

美味しそうだ、と思った。だがそれ以上に、卓袱台がこれより大きかったらきっと淋しく見えるのだろうと思ってしまった。品数が多いとか少ないとかそういう話ではなく、卓袱台の余白が、以前そこに箸を並べていた人を思い出させてしまうだろう。

「……俺、志波さんとご飯が食べたかったです」

健太の向かいに腰を下ろした志波は、卓袱台に頬杖をついて唇の端で笑う。

「俺の飯、じゃなくて、俺と飯、か」

「……食べたかったです」

貴方が淋しかったときに、と言い足そうとして呑み込んだ。櫛《くし》の歯が欠けるようにひとり、またひとりと家族が減っていく淋しさなど、両親と平穏に暮らす自分には到底思いも及ばない。軽々しく淋しいという言葉を使うことすら憚《はばか》られた。

志波は頬杖をついたまま、そうか、と呟いてまた笑う。

「だったら今食ってくれ。一緒に」

志波が卓袱台の向こうから手を伸ばしてきて、皿に並んだおにぎりを摑んだ。あっと思う間もなくおにぎりにかぶりついた志波を見て、健太は短い悲鳴を上げる。

「足りなきゃまた握ってやる。早く食え。全部食っちまうぞ」

志波は一口が大きい。大きなおにぎりが三口で消えてしまいそうで、健太も慌てて目の前のおにぎりを摑んだ。米と海苔の匂いが鼻先まで漂ってくると再び胃袋が動き出し、早くしろと抗議するようにうるさく唸《うな》り始める。

温かなおにぎりをがぶりと一口頬張ると、口一杯に唾液が広がって耳の下が痛くなった。海苔の香りが鼻から抜ける。まだ具の焼き鮭には辿り着いていないが、米に適度な塩気があるので十分美味い。口一杯に米を頬張り、視線を上げると満足げに目を細める志波がいて、嬉しい、美味しいと思ったら、両目からぶわっと涙が噴き出した。

もぐもぐと口を動かしながら声もたてずに泣く健太を見て、志波ががたっと卓袱台を揺らした。おい、とか、待て、とかうろたえた口調で言っていたが、一向に健太が泣き止《や》まないと見るや、席を立って台所で温かい緑茶を淹《い》れてきてくれた。

その間にひとつめのおにぎりを食べ終えた健太は、鼻声で志波に礼を言って二つ目のおにぎりにかぶりつく。

「……美味ひいでふ……」

両頬を膨《ふく》らませ、不明瞭な声で健太は言う。五日ぶりに食べた志波の手料理は本当に美味かった。口の中から消えてしまうのが惜しく、飲み込みたくないくらいだ。

ぐすぐすと泣きながらおにぎりを完食すると、健太の向かいに腰を落ち着けた志波が呆れたような溜息をついた。

「そんなに腹が減ってるなら店に来い」

健太は指先についた米粒を唇の隙間に押し込み、行けません、と首を振る。

「金がないのか。うちで賄《まかない》つきのバイトやるか？」

「そういうわけでなく……」

「だったら、どうして」

強い口調で問われ、健太はそろりと視線を上げた。

志波が興味本位で訊いているわけでないことは、その真剣な表情から容易に知れた。何か力になろうとしていることが伝わってくるだけに、下手《へた》な言い訳や嘘がつけなくなる。

自宅に上げられ手料理まで振る舞われたというのに、何も説明せず帰るのは不義理が過ぎる。

健太は俯いて口を開いた。

「俺、あの……実は……不治《ふち》の病《やまい》、というか……」

何をどうオブラートに包めばいいのかとっさに判断がつかず、とにかく困っていることが伝われば、と健太が選んだ言葉は、どうやら不適切なものだったらしい。

「命に関わるようなもんか」

志波の声がぐっと低くなる。その声に驚いて顔を上げると、目元が翳《かげ》って見えるほど重苦しい表情をした志波が半分腰を浮かせていた。

家族を病で亡くした志波にこの話題は鬼門《きもん》だったらしい。健太は慌てて首を横に振ったが、やはりどう説明すればいいのか思いつかない。悩んでいる間も志波は更に腰を浮かせる。今にも卓袱台を乗り越えてきそうな剣幕に慄《おのの》いて、健太は盛大に口を滑らせた。

「違います！　俺、ご先祖様に吸血鬼がいるんです！」

遺伝的な病気だ、などと言ったらますます心配されそうで直前で言葉を変えた結果、一番口にしてはいけない言葉を口走っていた。

室内に、水を打ったような静寂が訪れる。

志波は卓袱台の向こうで膝立ちになったまま、石像のように固まっている。健太も同じく動けない。代わりに体中の毛穴という毛穴が一斉に開き、脂汗《あぶらあせ》なのか冷や汗なのかわからないどろどろとしたものが噴き出してきて、気が遠くなった。

やってしまった。弁解しなければ。そう思うのにどこから訂正すればいいのかわからない。身じろぎもせず、どれほど長い時間志波と見詰め合っていただろう。

志波がゆっくりと身を引いて、元の場所に腰を下ろした。視線は一度も健太から外さないまま、無表情で「続けろ」と言う。その声が恐ろしく低い。

話を茶化したとでも思われただろうか。しかしこれが真実だ。真実であってもこんな胡散臭《うさんくさ》い話を他人に漏らすべきでなかったのは間違いないが。

言い逃れる術《すべ》もなく、健太は青白い顔でこれまでの経緯《けいい》を説明した。

初めて米田に行った日から味覚障害が始まったことや、志波の料理だけはきちんと味がすること。味覚障害になって初めて両親から先祖に吸血鬼がいると教えられたことや、一族の中に先祖返りが出ることなど。

吸血衝動は恋愛感情を抱いている相手にしか起こらないと話すときも、志波の表情は変わらない。その目にいつ軽蔑《けいべつ》の色が宿るかと思うと気が気でなく、段々息が苦しくなってきた。息継ぎも覚束《おぼつか》なくなり、見る間に声が嗚咽《おえつ》に呑みこまれる。

「……どうした」

それまで押し黙って健太の話を聞いていた志波が久方ぶりに口を開いた。声は平坦で、どんな感情も読み取ることができない。

答えるべく口を開いたら、声の代わりに両目からばたばたと涙が溢れた。

（……もう終わりだ）

吸血鬼の血を引いているなどという頭のねじがふっ飛んだ話を、間違っても志波は信じないだろう。健太だって逆の立場なら信じない。むしろヤバい奴だと距離を置く。その心情が痛いほど理解できるだけに涙が止まらなかった。

志波が健太を妄想癖《もうそうへき》のある変人と捉《とら》えるか、中二病全開の痛い子供と捉えるかは知らないが、どちらにせよこの恋は終わりだ。その事実が、何より深く健太の胸を抉《えぐ》る。

「……どうした。腹減ってるのか？」

滂沱《ぼうだ》の涙を流す健太を見て、少しだけ志波が声を和《やわ》らげた。優しい声は逆効果にしかならず、健太は唇を嚙みしめて首を横に振った。

本当は空腹だ。志波の側《そば》にいると喉が渇くのも変わらない。だがそれ以上に、この先志波に距離を置かれることが辛《つら》かった。

もう二度と志波は健太を自宅に上げないだろうし、無防備に家族の話もしないだろう。店に行っても、以前のように視線は絡まないかもしれない。話しかけられることがなくなれば、自然と声を聞く機会も減る。

想像しただけで世界が色を失った。

顎先から涙を滴らせ、健太は両手で顔を覆う。

志波に変人扱いされたとしても、客として米田を訪れる限り志波の料理は食べられる。その事実がなんの慰めにもならないことに気づいて、ようやく思い知った。

米田に通い詰めていたのは、志波の料理だけが目的だったのではない。志波の顔を見て、声を聞いて、視線をこちらへ手繰《たぐ》り寄せたかったからだ。

（料理じゃなくて、志波さんが好きだったんじゃないか……）

空腹を理由にぼんやりと容認していた事実を、やっと正面から受け止めた。一度自覚してしまえば想いは後から後から溢れてきて、健太は両手で顔を覆ったままぼそりと呟く。

「……なんだ？　なんて言った？」

卓袱台の向こうから志波が身を乗り出す気配がしたが、健太は声のボリュームを上げることなく、ぼそぼそと己の内にたまった恋心を喋り続けた。業《ごう》を煮やした志波が卓袱台を回り、すぐそばに腰を下ろしてもなお小さな声で続ける。

「おい、本当に何言ってんだ。まさか念仏でも唱《とな》えてるんじゃないだろうな？」

志波が健太の手首を摑んで顔から引きはがす。肩を摑まれ、半《なか》ば無理やり上向かされて、目の前に迫る志波の顔を見たら何かの箍《たが》が外れた。

どうせもう志波には変人だと思われているのだ。これ以上何を怖がることがある。破れかぶれになった健太は、泣き濡れた顔もそのままに体を震わせて叫んだ。

「俺は、志波さんの血が飲みたいんです！　貴方のことが好きなんです！」

健太の大声に驚いたのか、それとも内容にぎょっとしたのか、志波が大きく目を見開く。涙で濁《にご》った視界の中、正真正銘これで終わりだ、と健太は奥歯を嚙みしめた。これで志波が自分を拒絶してくれればすっぱりと諦めもつく。

だが志波は健太の肩に両手を置いたまま、突き放すでもなければ不快な表情を浮かべるでもなく、考え込むように目を伏せてしまう。

予想外の反応に肩透かしを食らったのは健太だ。容赦《ようしゃ》なく拒絶されると思ったのに。どんな顔をすればいいのかわからなくなって居住まいを正せば、今更のように涙でぐしゃぐしゃになった顔を晒《さら》しているのが気恥ずかしくなった。ぎこちなく手の甲で涙を拭《ぬぐ》っていると、ようやく志波が顔を上げた。

「だったら、吸ってみたらどうだ」

近距離で志波と目が合って心臓が跳ねる。おかげで返答が遅れた。濡れたまつげを上下させ、ようやく「えっ」と声が出る。

志波は健太の肩を摑んでいた手を放すと、自身のセーターの襟《えり》ぐりを摑んで押し下げた。前触れもなく志波の首のつけ根が露《あら》わになって、健太はとっさに顔を背けた。見てはいけないものを見てしまった気分で、心拍数が急上昇する。

「どうした。吸血鬼は首から血を吸うもんじゃないのか？」

「そ……っ、そうですけど……人の話聞いてました⁉」

目を開けたまま寝ていたのではと半ば本気で疑った。あるいは健太の話を頭から信じていないかどちらかだ。一世一代の告白も水に流されたのかと思ったら少しばかり悔しい気持ちも湧いてきて、健太は志波を睨みつける。

「俺は……っ、俺は本気で……！」

「わかってる。食っちまいたいくらい俺が好きなんだろう」

食べるのではなく吸うのだ、と言い直す気力も失せた。志波の表情は真剣だが、この顔で堂々と冗談を言う男だ。今回も真に受けていないに違いない。

健太は唇を嚙みしめ、膝の上で強く拳《こぶし》を握った。新しい涙がじわじわと浮いてくるのを堪え、押し殺した声で言う。

「……俺のこと、妄想癖のあるヤバい奴だと思うのは当然です。でもそんなふうに茶化したりしないで、ちゃんと応えてください……！　二度と目の前に現れるなって、それぐらい言ってくれれば、俺も諦められるかもしれないじゃないですか！」

「おい、そう簡単に諦めるな」

志波が健太の背中に腕を回す。引き寄せられて、そのまま畳《たたみ》に押し倒された。

抵抗どころか声を上げることもできなかった。遠くに天井の木目が見えたと思ったら志波の顔が割り込んできて、ひっ、と健太は喉を鳴らした。志波の顔が近い。視界一杯志波の顔だ。

あまりの近さに息すら詰める健太を見下ろし、志波は薄く目を細めた。

「お前が妄想癖のあるヤバい奴なら、俺は飯を食ってるお前に興奮する変態だ」

「……へっ？」

言葉の意味を尋ねるより先に、再び志波がセーターの襟元を掴んで首筋を晒してきた。

「とりあえず飲め。飲めないからそんなに苦しそうな顔してんだろ？」

滑《なめ》らかな首筋を見せつけられ、肌の匂いにあてられる。くらりと頭の芯が痺《しび》れ、健太はとっさに両手で口を覆った。

「も、妄想じゃないんです！　本当に俺は、我慢するのも辛いんですよ！」

「我慢する必要ないだろ。俺がいいって言ってんだ」

「吸血鬼の症状が感染するかもしれないんです！　もしも俺みたいに味覚がおかしくなったらどうするつもりですか！　志波さん料理人でしょう！」

健太の剣幕《けんまく》に驚いたのか言葉を切った志波が、ははぁ、と納得したような声を上げた。

「だから必死で踏みとどまってんのか。もう俺の首から目も逸《そ》らせないくせに」

からかう口調で志波が言う。こちらの心配を無下《むげ》にされたようで、健太は声を荒らげた。

「志波さんの人生滅茶苦茶《めちゃくちゃ》にしたくないんですよ！」

「だったら後で滅茶苦茶にした責任とってくれ。一生かけてくれればそれでいい」

笑いながらそんなことを言う志波がどこまで本気かわからない。その上健太の眼前にぐいぐいと首筋を押しつけてきて、健太はもう目が回りそうだ。

鼻先に志波の肌が触れる。奥歯を嚙みしめても勝手に唇が緩んだ。項《うなじ》から漂う志波の肌の匂いに理性が崩れ、もうどうにでもなれと健太は志波の首筋に口を押し当てた。

衝動に身を任せ、志波の首筋を強く吸い上げる。次の瞬間、口の中にとんでもなく甘いものが広がって健太は目を見開いた。

唇を当てた場所から見えない水がざばざばと落ちてくるように、仰向《あおむ》けになった健太の口内に甘い液体が流れ込む。吸いつく間もなく溢れてくるそれは健太の口に収まりきらず唇の端から溢れ落ちたが、なぜか肌が濡れる感触はない。

いつだったか、大学の先輩が面白半分で研究室に持ち込んだ外国の酒を思い出した。恐ろしくアルコール度数が高く、指で触れてもすぐ揮発《きはつ》して、指先が濡れた感触がしなかった。

口の中にたまったものをごくりと飲み干すと、喉元にかっと火がついた。喉に灯《とも》った熱の塊《かたまり》はゆっくりと胸の中心を落ち、腹の底へと流れ、一瞬で全身に火が移った。蛍光灯の光が急に強くなったようでまともに目を開けていられない。瞬きのたびに目の前で火花が散る。

「ふ……ぁ……っ」

思わず志波の首から口を離したが、それでもなお口内に甘い余韻《よいん》が残る。濃厚な果実の汁に度数の高い酒を混ぜたような後味だ。舌先がジンジンと痺れる。

「なんだ。もういいのか？」

片腕で健太を抱き込んだままこちらを覗き込んだ志波が、ぴたりと口を閉ざした。

「……ぅ……っ……」

健太は何度も瞬きをするが、瞬きのたびに火花が散って志波の顔がよく見えない。唇に吐息を感じる程近いのに、泥酔《でいすい》したときに似て視線が定まらなかった。頭の芯に霞《かすみ》がかかる。空《す》きっ腹にテキーラでも流し込んだようだ。腹の底が熱い。吐き出す息もひどく熱く、喉が一瞬で干上がった。

「……もっといるか？」

健太の目顔を読んだように、志波が再び首筋を近づけてくる。健太も今度は躊躇《ちゅうちょ》なく志波の肌に吸いついた。軽く吸えば、またざぶざぶと口の中が甘い液体で満たされる。苦みや渋みは一切ないが、飲み干すと舌先に痺れが残った。それを拭うように志波の首筋を舐めると、志波の体がわずかに強張る。

かつて味わったことのない甘さに夢中になり、健太は志波の首に腕を回して引き寄せた。志波の首筋をきつく吸い上げ、口に溢れる甘い液体を喉に流せば、長らく健太を苛《さいな》んでいた飢餓《きが》

感《かん》がゆるゆると薄れていく。

これは一体なんだろう。およそ人の体から染み出る類《たぐい》の甘さではないのだが、吸いつけば確かに口に流れ込む。飲み続けると頭がくらくらしてくるあたりは酒に似ているが、酒は酔う程体が軽くなるのに、これはどんどん体が重くなっていくようだ。

干からびた体が水を吸うように、志波の首に回した腕も、足も、どっしりと重い。体の内側に熱がこもる。真冬だというのに、ひどく暑くて体が汗ばんだ。

「……はっ……、はぁ……」

息継ぎなしで志波の首筋を吸い続けていた健太だが、さすがに息が続かなくなって口を離した。畳に後ろ頭をつけて肩で息をしていると、志波がのそりと顔を上げる。

志波は指先で確かめるように首筋に触れ、軽く眉を上げた。

「吸血鬼っていうから牙《きば》でも立てられるのかと思ったら、派手なキスマークがついただけか」

志波の言う通り、健太が吸いついた場所には鬱血《うっけつ》の痕《あと》が残っている。

「すっ、すみません痛みますか……?」

「いや全く。ただ、調理服から見えると厄介《やっかい》だな」

志波が店で着ている調理服は、和服のように襟を重ねるタイプだ。案外襟が抜けることを思い出し青ざめる。痕をつけてしまった場所は首のつけ根。見えないとも限らない。

「すすす、すみません……!」

「別に。最悪絆創膏《ばんそうこう》でも貼っときゃいいだろ」

気にしたふうもなく言い放った志波だが、うろたえる健太を見て何か思いついたのか、唇の端を持ち上げるようにして笑った。

「なあ、血は首からしか吸えないのか？」

質問の意図がわからず、健太はぼんやりと瞬きを返す。ただでさえ酒に酔ったようで頭の回りが鈍いのだ。難しい話は無理です、と応じようとしたら、志波に唇をふさがれた。

「んん……っ⁉」

緩く開いていた唇の隙間から舌を押し込まれ、びくりと体が跳ねた。

「ん……ん、ん……っ」

健太は緩く握った拳で力なく志波の背中を叩く。どういうつもりだと詰問《きつもん》したかったが、そのたび志波に舌を絡めとられて言葉にならない。舌の縁《ふち》を志波の舌先が辿《たど》ってきて、くすぐったいようなむず痒《がゆ》いような感触にギュッと肩を竦める。逃げようとすると追いかけられ、結局捕まえられてきつく吸い上げられた。

「ん――……」

舌先がジンと痺れる。甘い痺れは背筋に伝わり、腰から膝、爪先《つまさき》まで駆け抜ける。痺れが全身に回り、体が芯を失いそうになって、すがりつくように志波の首に抱きついた。

「……吸わないのか？」

健太の舌を解放した志波が唇の触れ合う距離で囁く。何か言い返す前にまた唇が重なり、ゆるりと舌を差し込まれた。言う通りにしない限り解放されないらしいと悟り、健太はおずおずと志波の舌を吸う。

（あ……、甘い）

首筋に吸いついたときほどではないが、とろりと甘いものが口の中に広がった。志波が舌を押しつけてくると甘みが増し、もっともっとと健太は自ら舌を伸ばす。

志波の首を掻き抱いて舌を絡ませていると、ひょいと志波が舌を引っ込めた。とっさに追いかければ志波の口内へ迎え入れられ、待ち構えていたように柔《やわ》く噛まれる。

「ん、ん……っ」

痺れる舌を思うさま舐《な》められ、噛まれる。まるで食べられているようだ。体はますます重くなり、腰のあたりに熱が溜まる。上からのしかかってくる志波の重さを感じただけで、熟れた果実のようにぐしゃりと潰れてしまいそうだ。

健太の爪先がひくひくと痙攣《けいれん》するように震え始めた頃、ようやく志波が唇を離した。

健太は息を弾ませ志波を見上げるが、相変わらず視界が悪い。何度も瞬きをしたら目尻から涙がこぼれた。悲しいわけでもないのにぽろぽろと涙が落ちて、体の中にぬるい水を湛《たた》えているような気分になる。

志波は健太の目元を指先で拭い、声を押し殺して笑った。

「飯を食うときも目がとろんとして色っぽいと思ってたが、こういうときも同じか」

背中に回されていた志波の腕に力がこもり、片腕で抱き起こされた。体に力の入らない健太は志波の胸に寄りかかって困惑の表情を浮かべる。

「ひ……人が食事をしてるときに、そんな……変態みたいな……」

「最初にそう言わなかったか？」

一呼吸分の沈黙の後、確かに言ったな、と頷いた。同時に志波が立ち上がって健太を縦抱《たてだ》きにする。そのまま志波が廊下に出ても、階段を上り始めても、健太は身じろぎすることもできなかった。

体が水を吸ったように重く力が入らない。その上腹の奥が煮立つように熱く、吐き出す息は高温の蒸気のようで息が苦しい。

階段を上り切ると、志波が健太の背中を軽く叩いた。

「どうした。具合でも悪いか？」

「……そういう、わけでは……。ただ、志波さんの血……？　を飲んでから、なんか、体がぐらぐらして……」

親族の間でも先祖返りの詳細は語り継がれておらず、血を飲むことが人体にどんな影響を及ぼすのかよくわかっていない。切れ切れにそう告げた健太に、志波はのんびりした調子で言った。

「もしかして本当だったのか。吸血鬼の話」

「……っ、信じてなかったんですか！　じゃあ、なんで血を吸えなんて……？」

二階の廊下を歩き、志波は突き当たりの部屋の戸を開けた。室内には豆電球がひとつついており、暗い廊下に橙色の光が伸びる。

「妄想でもなんでも、好きな相手が作った世界ならつき合うに決まってんだろ」

やはり妄想と思われたか、と目を伏せた健太だったが、直後その目を見開いた。

「す……っ、好き……!?」

裏返った声が薄暗い室内に響く。志波は健太を抱いて歩きながら、低く笑った。

「あんな濃厚なキスした後で、何を今更ってなもんだな」

「そんな……そんな事後承諾みたいなこと言わないで、ちゃんと言ってください！」

志波の腕の中でじたばたと暴れたら、どさりと背中からどこかに下ろされた。床にしては柔らかい。暗がりに目を凝《こ》らせば、六畳ほどの室内にクローゼットや机の輪郭《りんかく》がぼんやり浮かび上がった。志波の自室だろうか。健太が下ろされたのはパイプベッドの上だ。

ギッと鈍《にぶ》い音がして、志波もベッドに上がってくる。目の前に大きな体が迫り、健太は小さく息を呑んだ。

暗い部屋、ベッドの上、真上からこちらを見下ろしてくる志波。これから何が起こるのかわかるような、わからないような。わかったとしても俄《にわ》かには信じられないような。

硬直する健太を見下ろし、志波はひそやかに笑う。

「悪いが口下手でな。態度で示していいか？」

「わ、ま、待……っ」

志波の顔が近づいて、制止の言葉はキスに呑みこまれた。

ずるい、と志波の胸を叩いたが、志波は意に介したふうもなく健太を抱き寄せてくる。歯列《しれつ》をこじ開けるようにして志波が舌を押し込んできて、健太は意趣返しのつもりでそれを強く吸い上げた。

「ん……ふ……っ」

とろとろと、口の中に甘いものが流れ込む。先程よりも濃厚な甘さだ。全身からめためたと力が抜けて、健太は瞼《まぶた》を震わせる。

キスをしながら志波に髪を撫でられ、気持ちがよくて体の力が抜けた。そこで許してしまったものだから、その後志波が健太の体のあちこちに手を這わせてきたのも止められない。

耳元から首筋、シャツをたくし上げて脇腹、胸。

胸の突起に触れられたときは驚いた。健太が身をよじると志波は大人しく引き下がったが、今度はジーンズの上から腰を撫で上げてくる。

「ん……ん……あっ……」

長く合わせたままだった唇が離れ、健太は高く掠れた声を上げた。ここ一ヵ月で急激に体重が落ちたせいで、ジーンズのウエスト部分はぶかぶかだ。その隙間に指を入れた志波が腰骨を撫でてきて、健太は胴を震わせる。

「や……あっ……」

「くすぐったい……ってわけではなさそうだな？」

薄闇の中に志波の声が響く。それにすら肌を震わせて、健太は唇を噛みしめた。

困ったことに、志波の手にどこを触られても気持ちがいい。ともすれば自《みずか》らその手にすり寄ってしまいそうになる。

常にない自分の反応に困惑しているうちに、志波にジーンズのフロントボタンを外された。

息を詰めた健太に気づいて志波が顔を上げる。切れ長の目にひたりと見据えられ、視線すら動かせなくなった。瞬きをしているだけで目の端に涙が浮かぶ。

震える息を押し殺す健太を見て、志波が微かに笑った。

「……いいな？」

それがなんの許可を求める言葉だったのかはわからなかったが、健太は無言で頷く。駄目だと言って、志波に身を離されてしまうのが嫌だった。

志波は健太の頬に唇を寄せるとジーンズのファスナーを下げ、遠慮なく下着の中へ手を入れてきた。

「あっ！　あっ、あ……っ」

まさか直接触られるとは思っておらず、健太は喉を震わせる。すでに緩く勃《た》ち上《あ》がっていたものを握り込まれ、弱い力で扱《しご》かれて背筋が反《そ》り返った。

腰骨から背骨にかけて震えが走る。他人の手で触れられるのは初めてだが、それだけでは説明がつかないくらいの強烈な快感に目が眩《くら》みそうだ。

「ひ……っ、あ、や……やだ、待って……！」

悲鳴のような声を上げたが、志波は健太の雄を扱く手を止めない。ゆったりとした動きだったが、あっという間に先走りで志波の手が濡れた。ぬるついた感触に追い詰められ、健太は背中を弓形にする。

「ひっ、ん、んん……っ！」

志波がじわりと指先に力を加えてきて、爪先が跳ねるほどの快感に目が眩んだ。震えはそのまま腰に伝わり、堪《こら》えようもなく志波の手の中に飛沫《ひまつ》を叩きつける。

あえなく絶頂に追いやられた健太は、あまりに早く達してしまった羞恥《しゅうち》や、志波の手を汚してしまった申し訳なさで涙目になる。

「ま……待ってくださいって……言ったじゃないですか……っ」

「悪かった。……泣くほど嫌だったか？」

顔を覗き込まれそうになり、健太はシーツに横顔を押しつけた。

志波に触れられるのが嫌なわけがない。いつもと違う自分の反応に戸惑っているだけだ。

志波の首筋を吸い上げ、正体の知れない甘い何かを飲んでから体がおかしい。体の奥でぐずぐずと熱がくすぶっている。肌が火照《ほて》って、いつもよりずっと過敏だ。

涙声でぼそぼそと喋《しゃべ》る健太に相槌を打ちながら、志波はごく自然な仕草で健太の足からジーンズと下着を抜き取ってしまう。止めようとしたが、志波に「服が汚れる」と囁かれ、濡れた指に内股を撫でられて身動きが取れなくなった。

志波は手際よく健太の服を脱がせると、ついでのように自身も身に着けていたものを脱いだ。あまりに躊躇《ちゅうちょ》なく脱ぐので止めるのも忘れていたら、裸の胸に抱き寄せられる。

「わかった。全部俺の血を飲んだせいってことだな。俺の血になんか悪いもんでも入ってたんだろ」

志波に抱き寄せられた健太は「そういうことでは……」と小さく呟く。本当はもっと強く否定したいのだが、素肌が触れ合っているだけで気持ちがよく、上手く口が回らない。

回らないのは口だけでなく頭もだ。裸で他人と抱き合うなんて尋常でない状況だと頭の片隅で警報が鳴るのだが、全身からなだらかに伝わってくる志波の体温は気持ちがよく、あっさりと危機感が薄れてしまう。

「不可抗力だ。仕方ないよな?」

健太の耳元で囁きながら、志波は健太の背筋を指で撫で下ろす。ゆったりと抱きしめられているだけで昂《たかぶ》っていく体をごまかすこともできず、健太は志波の首筋に顔を押しつけた。

志波が口にした「不可抗力」という言葉に健太は縋《すが》りつく。これはどうしようもないことなのだ。身内ですら詳細を知らない吸血鬼の血がなせる業《わざ》に違いない。

志波に背中を撫でられただけで上擦《うわず》った声が上がってしまったことも、腰を抱き寄せられ、互いの性器が触れ合っただけで腰が砕けてしまったことも。

「あ、あぁ……っ」

指とは違う、ぬるぬると弾力のある感触に健太は身をよじる。気持ちがいい。だがそれ以上に、押しつけられる志波の雄も固くなっている事実に歓喜で胸がよじれる。健太をきつく抱き寄せ、互いの欲を押しつけ合うように腰を振る志波の荒い息遣いに体が芯から熱くなる。

先程達したばかりだというのに二度目の絶頂が迫ってきて、健太は爪先でシーツを蹴《け》った。

「や、ま、待……あっ、や、や……ぁ……っ」

志波の肩をきつく摑んで耐えようとしたが、志波の熱い吐息に耳朶《じだ》を撫でられ、あっけなく陥落《かんらく》した。志波に抱き寄せられた腰が跳ね、志波の腹に飛沫が散る。

志波は健太が達したのに気づくと健太の腰を抱く腕を緩め、健太の放った白濁《はくだく》を指にまとわせた。その間も耳元では志波の乱れた息遣いが響き、絶頂の余韻に浸《ひた》る健太は小さく震えることしかできない。

「あ……あ、あぁ……」

横向きに抱き合ったまま、志波の濡れた指が狭い場所に押し入ってくる。

とんでもない場所をこじ開けられているというのに思ったよりも痛みはない。というよりほとんどない。奥を突かれて背中が仰《の》け反《ぞ》る。恐ろしいことに、体は確かに快感を拾っていた。志波が片腕で健太を抱き寄せているせいで、互いの胸がぴたりとくっついているからかもしれない。体の強張りが志波の体温で溶かされる。

合わせた胸の動きから志波の呼吸の速さがわかり、体が芯から蕩《とろ》けそうになった。先程から健太の腿《もも》に当たっている志波の雄は硬く反り返り、志波が自分と肌を重ねることに興奮しているのだと思うと一層《いっそう》頭の回転が鈍くなる。

根元まで呑み込まされた指をゆっくりと引き抜かれ、健太は声を嚙み殺す。

「……辛いか？」

吐息の混ざる声で志波に問われ、健太は首を横に振った。

むしろ辛くないのが居たたまれない。本来の用途とは違う使い方をしているのだから、普通はもっと苦しかったり痛かったりするのではないか。苦痛を回避できるのは有り難いが、自分がとんでもない淫乱になったようで素直に快感を追えなかった。

指が二本に増えたときなど喜悦《きえつ》の声を上げそうになり、嚙み千切《ちぎ》るほど強く唇を嚙んだ。息遣いに涙が交じり、それに気づいた志波が健太の頭を自身の首筋に引き寄せてくる。

「嚙んでいいぞ」

目の前に迫る首筋にはまだ鬱血が残っている。促すように後ろ頭を撫でられ、健太は鬱血の痕に唇を寄せた。舌先で舐めると汗の味がする。なぜこれが甘く感じるのだろうと不思議に思いながら唇を押し当て、軽く吸い上げると口の中に甘露《かんろ》が広がった。

「ん……ふ……っ」

ごくりと喉を上下させると、腹の底から何かがうねり上がった。全身が慄《わなな》いて、中に入っていた志波の指をしめつける。

喉を鳴らすたび、体が重く、熱くなる。体の輪郭《りんかく》は水に溶けるように曖昧で、関節が緩み、全身から一切の強張りが抜けた。

志波の首に吸いついたのは失敗だったのかもしれない。瞬く間に、どこをどう触られても快感しか拾えなくなった。

中を探る指が三本に増え、健太は耐えきれず志波の首筋から唇を離した。

「志波さん……、もう……っ」

「無理か。いっぺん抜くか?」

「違……、は……っ、早く……!」

志波の後ろ髪を摑んで握りしめる。

思ってもみないセリフだったのか、志波の呼吸が一瞬途切れた。迷うような沈黙が空気越しに伝わってきたが、健太にはもう声を上げる余裕もない。荒い息を吐きながら、せがむように志波の首に爪を立てる。

無言の要求に背を押されたのか、志波が健太の背中に回した腕をほどいてのしかかってきた。仰向けで大きく脚を開かされ、濡れたすぼまりに切っ先を押し当てられる。その固さと熱さに息を詰めれば、食い入るような目でこちらを見る志波と目が合った。

いいのか、と問うような視線を向けられ、健太は詰めていた息を一気に吐く。

呼気と一緒に愛しさまで喉元に溢れてきて、健太はシーツから背中を浮かせて志波の首を掻き抱くと、自身の体重で引き寄せた。

言葉にせずとも了承は伝わったらしく、志波が腰を進めてくる。

熱く滑《なめ》らかな切っ先が押し入ってきて、健太は志波の背に爪を立てた。

「あ……あ――……っ」

ゆっくりと、だが容赦《ようしゃ》なく志波は自身を埋めてくる。

狭い場所を押し開かれる痛みや息苦しさは、一枚膜を隔《へだ》てたように遠い。それよりも、体の一番柔らかい場所で受け止めた志波の熱が、内側から健太を溶かしていくようで目も開けていられない。ぐずぐずと溶けて崩れてしまいそうだ。

最奥まで至ると志波は感じ入ったような息をつき、自分の体で志波が快感を得ているのだと思うと胸が苦しくなった。無自覚に志波をしめつけてしまい、その固さにまた震え上がる。

健太は志波の首にしがみついたまま、震える声で志波を呼んだ。

「……どうした。きついか？」

自分の方がよほど苦しそうに肩を上下させているくせに、志波は案じるような表情で健太の顔を覗き込む。それを見たら、口の中がどっと甘くなった。

志波の首筋に吸いついたわけでもないのに。まるで蜜《みつ》に溺《おぼ》れるようだ。息もできない。

「……っ、志波、さん……っ」

波間から顔を出すように切れ切れに名前を呼べば、志波は健太の頬や顎先に落ち着かせるようなキスを返してくれる。

何かを堪《こら》えるように眉根を寄せながら、どこまでも優しい仕草で自分を労《いた》わる志波を見たら胸から溢れる甘いものの正体がわかった。

多分自分は、嬉しいのだ。好きな人が、こうして自分を抱いてくれているのが嬉しい。

嬉しくて、愛しくて、ただひたすらに甘い感情が胸を占《し》めている。

「志波さん……好きです……」

涙で潤んだ声で呟くと、一瞬だけ志波の呼吸が止まった。

志波は健太を凝視して、わずかに目を眇《すが》めるとゆっくり顔を伏せる。闇の中、大きな感情を逃すように深く肩を上下させた志波が、のっそりと顔を上げた。

「……俺も好きだ」

耳を打った言葉に健太は目を瞠《みは》る。先程は口下手だから態度で、などと言ってきちんとした言葉をくれなかったくせに。不意打ちに驚いて、もう一度、とせがもうとしたら前触れもなく突き上げられた。

「あっ！　ま……っ、んぅ……っ」

噛みつくように唇をふさがれ、身動きも取れぬほど強く抱きしめられて揺さぶられた。

おかげで健太は何ひとつ口にすることができない。言葉は志波の唇に呑みこまれ、深々と奥を突く律動に甘く崩される。

嬉しい、好きです、もっと、と。

声に乗せられない代わりに、健太は箍が外れたように突き上げてくる志波の背中を強く抱きしめた。

翌朝、携帯電話の低い振動音で健太は目を覚ました。

目覚まし代わりに使っている携帯電話のアラームだろうか。枕元に手を這わせたが、それにしては音が遠い。重たい瞼をこじ開ければ、床に散らばる服が目に映る。

そういえば昨日、家を出るときジーンズのポケットに携帯電話を入れておいた。家を出て、それから、と辿《たど》るうちに寝ぼけ目の焦点が合ってきて、健太はがばりと身を起こした。

あたふたと室内を見回すと、窓にかかるカーテンの隙間から朝の光が漏れていた。肩からずるりと袖が落ちて下を向けば、見覚えのないTシャツにハーフパンツを着せられている。志波

のものだろうか。寝乱れたベッドの上には健太しかおらず、室内にもその姿はない。

状況を確認している間も携帯電話が鳴りやむ気配はなく、健太はそろそろとベッドを降りた。

「……っ、て……」

床に立つなり腰回りや足のつけ根が鈍く痛んだ。そこそこ無茶な体の使い方をしたダメージが残っているらしい。

最中はほとんど痛みを感じなかったあたり泥酔したときとそっくりだ。二十歳になったばかりの頃、へべれけに酔って転んで膝をぱっくり切ったことがあったが、あれも翌日までまるで怪我に気づかなかった。

腰をさすりながら電話に出ると、電話の向こうでわっと大きな声が上がった。

『健太！　やっと出た！　連絡遅れてごめんね！　ひとりで大丈夫だった？』

高祖父の生家へ行っていた両親からの電話だ。ろくろく返事もできぬうちに、『早速だけど、わかったんだよ！』と興奮した調子で父がまくし立ててくる。

『先祖返りした曾お祖父ちゃんは幸三《こうぞう》さんっていうんだけどね、幸三さんの手記によると、吸血鬼の正体は謎の微生物らしいんだ！　それも人間の体内に共生するタイプの、ミトコンドリアみたいな！　僕ら一族は全員その微生物を体内に宿しているらしいんだけど、ほとんどは休眠状態で、微生物にとって環境のいい体内でのみ活動を起こすらしいんだ。それが先祖返りの正体らしいんだけど』

「え、何？　微生物？」

『そんな難しい話はいいから、早く結論だけ言ってあげたら？』

横から割り込んできた母親の言葉に健太も強く同意する。ＵＦＯやＵＭＡが好きな父がいかにも好きそうな分野なので話に熱が入るのはわかるが、起き抜けの頭では理解が及ばない。

『ごめん、つまりね、健太の味覚障害は治るんだ。好きになった相手の血を吸えばいいらしい』

「す……っ、吸っていいわけ!?　感染《うつ》るんじゃ……」

『大丈夫、幸三さんの奥さんは吸われても何も起こらなかったって。その代わり子孫にはばっちり微生物が受け継がれたけどね。あ、あとね、血って言っても本当に血液を吸うわけじゃないらしいよ。幸三さんの手記には、光露《こうろ》って書いてある。甘露みたいに甘くて、吸うと目の前で光が弾けるんだって。人間は体内からオーラを出してるって聞いたことあるけど、そういうものに近いのかな？　文章を読んだだけでは、ちょっとよくわからないんだけど……』

「……いや、大丈夫……わかった」

光露の正体は知らないが、どういうものかはすでに知っている。確かに甘露と言うにふさわしい甘さで、飲むと目の前に火花が散った。間違いない。

父は喜々とした様子で更に語る。

『宿主《やどぬし》が恋愛感情を抱くと、微生物たちは宿主が生物として成熟したって認識するらしいんだ。それで自分たちの遺伝子を後世に残すため、宿主に強制的に性衝動を起こすんじゃないかって幸三さんは仮説を立ててる。その性衝動が、何かの手違いで吸血衝動になって現れるんじゃないかって。微生物たちは宿主の感情に敏感に反応するみたいだから、血を吸う相手は好きな相手じゃないと駄目らしいよ』

健太は溜息とも返事ともつかないものを吐く。吸血衝動と性衝動が密接に関係しているとしたら、志波の血を飲んだ後、あんなにも体が熱く疼《うず》いたのにも納得がいく。

『一度血を吸ってしまえば微生物たちの反応も落ち着いて、味覚も元に戻るらしい。幸三さんも、結婚後は普通の食事をしてたって。あとは、そうだね……好きな人が作った料理だけまともな味がしたのは、その人が食べ物に触ったからかもね。光露っていうのがどんなものかはわからないけど、もしかすると常に人体から放出されていて、物にも付着《ふちゃく》するのかもしれない。他にもね、いろいろ面倒なことがありそうだよ。幸三さんの手記が持ち出し禁止、コピー禁止だった理由がわかった。こんなのが世に公表されたら、僕たち一族残らずどこかの研究施設に隔離《かくり》されちゃうからね』

「そ、そうなんだ……」

『幸三さんの推理では、謎の微生物は宇宙人かもしれないって！　わくわくするね！』

興奮気味に語る父に力ない相槌を打ち、父の知的好奇心が満たされるまでしばらく高祖父の生家でお世話になるとのんびり告げる母に礼を述べて、健太はようやく電話を切った。

騒々しい両親の声が途切れると、階下から響く物音に気がついた。健太はよろよろと立ち上がり、足音を忍ばせて階段を下りる。

一階に下りると、台所から温かな味噌汁の匂いが漂ってきた。ぐぅ、と低く鳴る腹を押さえ、健太は廊下からそっと台所を覗き込む。

台所には志波がいた。朝食でも作っているのか、ガスコンロに載せた鍋をかき混ぜていた志波は、健太に気づくと振り返って軽く笑った。

「おはよう。具合はどうだ？」

「お……おはようございます。その……大丈夫です」

股関節《こかんせつ》や骨盤の位置が若干ずれているような気がすることは、この際口にしなくてもいいだろう。健太は台所の入り口に立ったまま、俯きがちに志波に尋ねた。

「志波さんこそ……大丈夫ですか……？　昨日は、あの……無理やり俺が、勢いで……」

期せずして志波に吸血鬼の話をすることになり、半ばヤケクソで告白をして、直後志波の血を——高祖父いわく血ではないらしいが——を飲んでしまったため、今ひとつあの後のやり取りがあやふやだ。泣き落としをしてしまった気がしないでもなく、今更のように志波が同性と一夜を共にしたことを後悔しているのではと心配になった。

志波はコンロの火を止めると、調理台の上の小皿を手に取った。

「押し倒したのは勢いでも、お前に目をつけてたのは随分前からだぞ」

鍋の中を覗き込み、しれっとした顔で志波が言う。うっかりすると聞き流してしまいそうな軽い口調に相槌を打ち、一拍遅れて健太は飛び上がった。

「え……えっ！　お、俺ですか？　なんで……⁉」

「あんなに美味そうに人の飯を食う奴、初めてだったからな」

「そ——そんなことで……？」

勢いづいて台所に踏み込もうとしていた足がもつれた。またいつもの冗談かと思ったが、それにしては穏やかな笑みを浮かべて志波は言う。

「最初に言わなかったか？　結婚するなら美味そうに飯を食ってくれる奴がいいって」

小皿によそった味噌汁の味を確かめながら、志波は背後の客間に目を向ける。視線の先にあるのは、広い部屋には不似合いな小さな卓袱台だ。

かつては六人家族の食事がすべて載るほど大きかった卓袱台を志波が買い替えたのは、姉が嫁《とつ》いでからだと言う。それまでの数年間、大きな卓袱台からひとり、またひとりと家族が減っていく様を、志波は目《ま》の当たりにしてきたのだろう。

箸や食器と一緒に会話や笑顔が減っていく食卓を思い描き、志波は冗談を言っているわけではないのかもしれないと初めて思った。

（……ってことは、本当に俺のこと好きってことか⁉）

遅れて重大な事実に気づき、志波を問いただすべく台所に踏み込んだ健太だったが、口を開く前に志波から小皿を突きつけられた。

「それより味見してくれ。吸血鬼の症状とやらは伝染するかもしれないんだろ？」

味噌汁の入った小皿を受け取り、健太はさっと表情を強張らせる。

両親から味覚障害は感染しないと聞いたばかりだが、百年近く前に残された資料を完全に信用することはできない。志波の料理人生命を断ち切ってしまったかもしれないと思えば足が震えたが、確かめないことには始まらないと、思い切って健太は味噌汁を飲み干した。

「どうだ？　自分じゃ舌が鈍ったような気はしないが」

志波に顔を覗き込まれ、健太は小さく息を吐く。

味噌だけでは再現できない複雑な味わいは、ベースにしっかりと出汁の風味があるからだろう。雑味《ざつみ》はなく、塩加減もちょうどいい。

これまで飲んできた味と変わらない。志波の舌が少しも鈍っていない証拠だ。

「……美味しいです」

ほっとしたらまた目の奥が熱くなった。鼻声でお代わりをねだると、志波は呆れたような、それでいて嬉しそうな顔で笑って新しく味噌汁をよそってくれる。

差し出された味噌汁に目元をほころばせた健太は、もう一口それを飲んで目を瞬かせた。

「なんか……本当にお店より美味しいんですが……？」

不思議に思って視線を向けると、志波が唇の端で笑った。

「店に来てくれるお客さんは身銭《みぜに》を切って食べてくれるからな。対価に合った料理を、と心掛けてはいるが……仕方ないんじゃないか？　惚れた相手に出す飯と差がつくのは」

生真面目《きまじめ》に相槌を打っていた健太は、最後の一言で撃沈する。

志波が真顔で冗談を言うことは承知している。だが、冗談とは思えないくらい志波の目は愛しげな色を湛《たた》えていて、うろたえて小皿を取り落としそうになった。

「そういえば、そっちは美味い飯を作ってくれる奴と結婚したいなんて言ってたな。俺なんてどうだ？　調理師免許は持ってるぞ？」

志波は真顔のまま健太の動揺に拍車をかけるようなことを言う。今度こそ冗談だと思うのに、もう健太は志波の顔を直視することもできない。

「その気になったら、プロポーズは渋谷で頼む」

笑いを含んだセリフが本気か冗談かわからぬまま、健太は小皿に残った味噌汁を飲む振りで赤くなった顔を隠した。

プロポーズは
どちらで
PROPOSE WA
DOCHIRADE

水上《みなかみ》家に伝わる『ご先祖様は吸血鬼』という鉄板ネタは、ネタでもなんでもなく事実だった。その事実を詳しく検分するため、高祖父《こうそふ》である幸三《こうぞう》氏の生家へ健太《けんた》の両親が飛んだのは年末のこと。そのまま三が日まで帰らないというので、健太は志波《しば》の家で年越しを迎えることになった。

三十日からは志波も仕事が休みに入り、蜜月《みつげつ》気分で共に過ごした。

実際夜は甘かった。志波の首筋から吸い上げる光露《こうろ》の甘さに夢中になり、他人と体温を分け合う心地よさにも酔って、夜毎《よごと》志波を布団に引きずり込んだ。志波が愛《いと》しげな顔で応じてくれるのが嬉しくて、羞恥《しゅうち》も忘れ繰り返し志波を求めた。

そんな調子で志波の家に入り浸《いびた》り、我に返ったのは年が明けて二日目の朝だった。

目を覚ますと、すでにすっかり日が昇っていた。寝返りを打てば隣には志波がいて、深い寝息を立てている。いつもなら健太より先に起きて朝食を作っているのに珍しい。

二人分の体温を吸った布団にくるまり、昏々《こんこん》と眠る志波の顔をじっくり眺めた。相変わらず醤油《しょうゆ》顔の美形だ。眠った顔も男前で目尻が下がる。首筋には無数のキスマークが残っている。志波の仕事も休みに入ったし、しばらく人目を気にする必要もないだろうと派手に痕をつけてしまった。

(でも、これはさすがにやり過ぎだなぁ……)

おびただしい数のキスマークに指を這わせる。いつの間にこんなに痕をつけてしまったのだろう。行為に夢中で覚えていない。最中は半分正気を失っている自覚はあった。

志波の首筋から頬へと指を滑らせる。連日夜更《よふ》かしをさせているせいか、どことなく頬が青白い。しかし同じように睡眠時間を削《けず》っているはずの健太はむしろ血色がよくなっている。志波の手料理を腹一杯食べているからだろうか。それとも。

（……光露を吸ってるから？）

薄い瞼《まぶた》に指を滑らせると、睫毛が震えて志波が目を覚ました。

「おはようございます」と健太が声をかけると、志波はいかにも重たげに瞼を上下させ、掠《かす》れた声で「おはよう」と言った。

「今何時だ……？」

「そろそろ十時です」

志波は片手で顔を拭《ぬぐ》うと、手の下からくぐもった呻《うめ》き声を漏らした。

「すまん、朝飯の準備がまだだな……」

「いいですよ。たまには俺が」

「お前に任せると台所が爆発する」

苦笑交じりに言われてしまえば反論できずに押し黙る。

この数日間でも志波の家で何度か調理に挑戦してきたが、まともな料理が作れた例《ためし》はない。

その上作業を終えた後は、志波の言う通り台所が爆心地のようなありさまになる。

「努力はしてるんですけど……」

「仕方ない。台所には火だの刃物だのにんにくだの、吸血鬼の苦手そうなもんが山ほどあるからな。お前が包丁で手を切るのも、火加減が調節できなくてなんでもかんでも焦《こ》がしちまうのも、全部ご先祖様に吸血鬼がいるせいだろ」

冗談めかして言いながら志波が身を起こす。しかしその動作はひどく億劫《おっくう》そうで、健太も起き上がり横から志波を支えた。

「志波さん、大丈夫ですか？　どこか具合でも悪いんじゃ？」

「ん……？　いや、気にするな」

乱れた前髪を後ろに撫でつけて志波は笑うが、目の下には濃い隈《くま》が浮き、顔色も良くないようだ。起き上がったはいいものの、すぐには立ち上がれないようで押し殺した溜息をついている。

俯《うつむ》いた志波の首筋には無数の痕。どれだけ強く吸い上げてしまったのか赤紫に変色しているそれらを見て、健太の胸に重苦しい不安が立ち込める。

改めて、光露とはなんだろうと思った。

電話口で、父は光露について詳しい説明をしなかった。人体から放出されるオーラのようなものではないかと言っていたが、そもそもオーラがなんなのかよくわからない。それは他人に吸い上げられてもいいようなものなのか。志波がひどくだるそうにしていることと、首筋についた無数の痕に因果関係はあるのか。

(もしかして俺、この人の命そのものを吸っているんじゃ……?)

背中を丸めた志波を見詰め、健太はごくりと喉《のど》を鳴らした。


三が日が明け、高祖父の生家を訪れていた両親が帰ってきた。

両親は血色のよくなった息子を見て喜び、涙目で健太を抱きしめた。離れている間もずっと健太の無事が心配だったそうだ。

感動の再会がひと段落すると、早速《さっそく》父親が高祖父の家で仕入れてきた情報を披露《ひろう》し始めた。

「まず、どうして僕たち一族の細胞内に正体不明の微生物がいるかだけれど、幸三さんの考察によると、僕らの祖先は遠い昔、人でない何かと交わったらしいんだ」

「……何その、人でない何かって」

リビングのソファーに座り、健太は辟易《へきえき》した顔で尋ねる。

健太の父は昔から不可思議なものに強く惹《ひ》かれる質《たち》だった。おかげで健太も子供の頃から、妖怪や幽霊や宇宙人の話にさんざんつき合わされてきたものだ。そのせいか、父の口からこの手の話題が出てくるとどうしても「またか」という気分になってしまう。

健太の胡散臭《うさんくさ》そうな視線には気づかず、父は嬉々として続ける。

「幸三さんの想像では、それはヒルみたいな巨大軟体生物だったんじゃないかって。それが人の形を模《も》したものと、僕たちの祖先は子を成したのかもしれない」

「巨大な……ヒル？」

「もしくは微細《びさい》な生物の集合体かな。ご先祖様はその相手と性交したつもりで、実は寄生された可能性がある。その血を継いだ僕たち子孫も、何億という細胞のひとつひとつにその化け物が寄生してるんじゃないかって幸三さんは考えてたみたいだ」

「つまり俺たち一族、寄生生物に体を乗っ取られてるわけ？」

「乗っ取られたというよりは、共生《きょうせい》と言った方が近いかな。普通に生活している分には不具合はないみたいだし。僕たちも健康診断なんかで引っかかったことはないから、血液や尿には影響を与えないものなんだろうね」

益々なんだかわからない。自分たちの祖先は一体どんな不可解な生物と交わったのだろう。

話の途中で母がコーヒーと饅頭《まんじゅう》を持って来てくれた。饅頭は空港で買ってきたらしい。

健太が饅頭に手を伸ばすと、父と母が揃って目を丸くした。

「健太、もう普通にご飯が食べられるの？」

「ん……いや、どうかな……」

志波の家にいるときは志波の作った料理しか口にしていなかったので、市販の食品を食べるのは久々だ。大きく息を吸い、覚悟を決めてから饅頭にかぶりつく。

「……うえ」

一口食べて健太は顔を顰《しか》める。たちまち両親が表情を曇《くも》らせた。

「まだ変な味がするの？」

「泥《どろ》みたいな味がする……」

「幸三さんの資料によると、吸血すれば味覚は元に戻るって話だったけど」

おろおろと顔を見合わせる両親の前で、健太は眉根を寄せつつもう一口饅頭を食べた。

「でも、少しは甘く感じるから……一応は改善してるんだと思う」

餡子《あんこ》だろうとチョコレートだろうと一切《いっさい》甘さを感じなかった頃と比べれば大進歩だ。むしろほっとした顔をする健太を見て、両親も同じく胸を撫で下ろした。後はもう、このまま味覚が正常に戻るのを待つしかない。

父は自分も饅頭を摑むと、健太とは対照的に美味《うま》そうにそれを頬張って続けた。

「吸血衝動が出るのは一族の中でもごく一部の人間だけだ。体に寄生している何かが活動を始めたサインだね。彼らは活動に光露を必要とするらしい。吸血衝動が始まった当初は特に、定期的に光露を摂取《せっしゅ》しないといけないらしいよ。光露が足りなくなるとそいつらは一時的に活動を停止して……ここからが重要だ」

表情を改めた父を見て、健太も無意識に背筋を伸ばす。口元に餡子をつけた父は身を乗り出すと、周囲を憚《はばか》るように声を落とした。

「光露が足りなくなると、僕らに寄生した何かは、縮《ちぢ》むんだ」

健太は真顔で父を見詰め返したものの、すぐに気の抜けた表情になった。何かとんでもなく重要な言葉が出てくるのかと思ったら、縮むとは。

完全に肩透かしを食らった顔をする健太の前で、父は深刻な表情を崩さない。

「その変化は宿主《やどぬし》にも波及《はきゅう》する。幸三さんも結婚当初、奥さんに遠慮して光露を吸わずにいたら縮んだらしい」

「待った。さっきから言ってるけど、縮むってどういう状態？　あと口に餡子ついてる」

父親は手の甲で口元を拭いながら、「わからない」と首を横に振る。

「当時の写真が残っているわけじゃないし、具体的にどうなるかはよくわからないんだ。でも幸三さんの残した手記《しゅき》によると、これは一族最大の秘密であるらしい」

「縮むことが？　単純に痩《や》せたとかそういう話なんじゃ？」

「僕もその程度のことだったらいいなと思うんだけど……」

確信が持てないらしく父は憂《うれ》い顔だが、健太は弛緩《しかん》した表情でソファーに寄りかかった。一族最大の秘密などと言うから身構えていたが、大した内容でもなさそうだ。

むしろそんな研究資料を真面目な顔で書き残していた高祖父に興味が湧いて、健太はコーヒーに手を伸ばすついでに尋ねる。

「幸三さんって相当クレイジーな人だったみたいだけど、家族と上手くやれてたの？」

口に含んだコーヒーは残念ながら泥水のような味がしたが、かなり集中すれば微《かす》かに豆の残《のこ》り香《が》を感じた。

父もコーヒーを一口飲んで、そうだね、と頷く。

「他の家族からは変わり者扱いされていたようだけど、奥さんがよき理解者だったみたいだね。結婚した後も幸三さんの研究資料をまとめるのを手伝ったりして、仲睦《むつ》まじく添《そ》い遂《と》げたって。そういう人じゃないと光露も提供してくれなかっただろうし。幸三さんも奥さんにはベタ惚れだったらしいよ」

そこまで言って、父は何か思い出したような顔で身を乗り出してきた。

「健太も、誰か光露を提供してくれた人がいたんだろう？　今度ちゃんと家に連れてくるんだよ？　僕たちからもお礼をしなくちゃいけないし」

不意打ちのような言葉に驚き、健太はあたふたと居住まいを正した。そういえば両親には、どんな相手から光露を提供してもらったかきちんと話していない。提供者が同性で、その上恋人同士になってしまったことをこの場で打ち明ける覚悟は決まっておらず、健太は話題を変えるべく不自然な咳《せき》をした。

「ところで、光露を吸われてた奥さんって体調に変化はなかったのかな？　あれって無尽蔵《むじんぞう》に湧いてくるもの？　好きなだけ吸っていいの？」

父親はあっさりと新しい話題に食いついて、「それがねぇ」と顔を顰める。

「僕も気になって調べてみたんだけど、それについては詳しい記述がなかったんだ。光露がなんなのかもよくわからなかったし」

そっか、と健太は声のトーンを落とす。

わざわざ注意書きのようなものを残さなかったということは、吸血行為によって健康被害が引き起こされることはないのだろうか。それとも自分と違い、高祖父は理性的に吸血を行っていたため問題がなかっただけなのか。

起き抜けに怠《だる》そうにしていた志波を思い出す。どこか具合でも悪いのかと思ったが、朝食を食べる頃になると普段の顔に戻っていた。

あのときはまだ志波の不調と吸血をしっかり結びつけておらず、志波の調子が戻ったことに安心して、朝食を終えるやじゃれ合うようにキスをした。志波の首筋に唇を滑らせ、軽く吸い上げたりもしたのだが。

（……いつもと少し、味が違った）

ただの気のせいであればいい。けれど確証はない。

（やっぱりしばらく光露は吸わない方がいいんだろうな……）

一度はテーブルに戻したカップを引き寄せ一口すする。泥を煮詰めたようなそれに眉を寄せ、健太は深々とした溜息で立ち昇る湯気を吹き飛ばした。

二月に入り、健太は自身の所属する研究室の教授に卒論の本文を提出した。

ここで教授から合格が出れば、後は三月の卒業論文発表会に向けスライドを作るばかりだ。逆に本論にゴーサインが出なければいつまでも作業を先に進めることが出来ない。

幸いにも、健太は教授から概《おおむ》ね問題ないとの評価を頂き、晴れて慣れない卒論執筆から解放されることとなった。次は発表に向けた原稿の準備やスライド作りをしなければいけないわけだが、今日のところは解放感に浸《ひた》るのが先だ。

卒論が佳境《かきょう》に入ってから連絡を控えていた志波に携帯電話からメッセージを送ってみる。『本論通りました！　久々に会えませんか？』と送るとすぐに返事があった。お祝いに米田《よねだ》で夕食をご馳走《ちそう》してくれるという。

健太は歓声を上げ、志波に指定された夜の部に店を訪れた。

年末は連日米田に通い詰めていたので、店のスタッフたちともすでに顔見知りだ。健太をカウンター席に通しながら「お久しぶりです」と笑顔で声をかけてくれるスタッフに、健太も照れ笑いで挨拶《あいさつ》をする。

カウンターの向こうには調理服を着た志波がいた。洗い場で野菜を洗っていたようだが、こちらに気づくと布巾《ふきん》でざっと手を拭い、健太の前まで来て「いらっしゃい」と笑う。

調理場に立つ志波を見るのは久々だ。家の台所にいるのとはまた違う凛々《りり》しい姿に見惚《みと》れそうになって、健太は慌ててメニューを手元に引き寄せた。しかしそれはカウンターの向こうから伸びてきた志波に取り上げられてしまう。

「残念、今日はお客さんに選択権はないぞ」

メニューを取った志波が悪戯《いたずら》っぽく笑う。志波に「お客さん」と呼ばれるのも久し振りだと思いつつ、健太は相好《そうごう》を崩した。

「どんなコースを出してくれるんですか？」

「料理長厳選コースだ」

即答されて、健太の顔から笑みが滑り落ちる。唖然《あぜん》とした表情から一転、興奮した面持《おもも》ちになって健太は椅子から腰を浮かせた。

「それ、この店で一番値の張るコースじゃないですか！　しかも一日限定三組！　前日までに要予約だったはずじゃ⁉」

「料理長の職権乱用だ」

「さらっとそんなこと言っていいんですか……！」

まだ夜の部が始まったばかりなのでカウンター席には健太しかいないが、周囲の耳を気にして声を落とす。

志波は真面目腐った表情をほどくと、喉の奥で笑って「予約のキャンセルが出たんだ」と打ち明けてくれた。動揺する健太を見て面白がっていたらしい。

自分のために職権を乱用したわけではないようだとほっとしたものの、高額なコースであることに変わりはない。「本当にいいんですか」とうろたえる健太の前に、志波は小さなコップと野菜の盛り合わせを置く。

「うちの店で扱ってる米で作った日本酒と前菜だ。どうぞ召し上がれ」

たちまち健太の視線は料理に釘づけになる。

長方形の黒い皿に盛られていたのは目にも鮮《あざ》やかな野菜の盛り合わせだ。一口サイズの人参《にんじん》、カボチャ、オクラにさやえんどう、プチトマトとヤングコーンが形よく並べられている。しかし健太の目を奪ったのは、皿の端に置かれた二切れのパンである。

米田はその名の通り米が売りの店だ。いつでも土鍋《どなべ》で炊いた米を提供してくれる上にお代わりは自由。店の前を歩けば米の炊ける甘い匂いがして、それにつられて暖簾《のれん》をくぐる客も少なくない。

そんな米田で、パンである。

健太がじっとパンを見詰めていると、耐え切れなくなったように志波が噴き出した。

「親の仇《かたき》を見るような目でパンを睨《にら》むんじゃない」

「でも志波さん、これパンですよね。いやパンも好きなんですけど」

しかし米田に来たからには米を食べたい。そう伝えようとしたら、志波が笑いを押し殺して「米粉《こめこ》で作ったパンだ」と教えてくれた。

「米粉……！　じゃあこのパンも店で作ってるんですか？」

「ああ、専用の土鍋で作ってる」

「土鍋でパンまで作れるんですか！」

健太は興奮気味にパンを手に取る。切り分けられたパンはまだ温かい。鼻先に近づけてみると、イーストの匂いに交じって仄《ほの》かに甘い米の香りがした。

米粉のパンなど食べたこともない健太は、期待に目を輝かせてパンを口へ放り込む。

美しい狐色に焼き上げられたパンは、外側がかりっとしていて歯触りがいい。しかし内側はしっとりとして、なるほど米らしくもちもちした食感だ。かりかり、もちもち、二つの食感が口の中で交じり合い、健太は無言で拳《こぶし》を握った。

「お客さんはいつも美味《うま》いと黙り込んじまうな」

「……っ、……！」

「いい、堪能《たんのう》してくれ。無理に喋《しゃべ》らなくていいから」

健太は口元を手で覆《おお》ってこくこくと頷く。口を開けたら風味が逃げる。本当に美味い物を食べているときは極力喋りたくないのが本音だ。

もぐもぐとパンを咀嚼《そしゃく》しながら健太は目尻を下げて笑う。その表情のまま志波を見上げると、志波から面映《おもは》ゆそうな笑みが返ってきた。「美味しいです」と、言葉にせずとも伝わったようだ。

思いがけないパンの登場に興奮する健太の前に、料理は次々運ばれてくる。

優しい味つけの雑穀米粥《ざっこくまいがゆ》に始まり、旬《しゅん》の魚を使った寿司、からりと揚がった天ぷら、脂《あぶら》の蕩《とろ》けるような一口サイズのステーキ、器《うつわ》からこぼれるイクラと刺身の盛り合わせ。

それらのおかずを何より引き立たせるのは土鍋で炊いた白米だ。温かな湯気と一緒に米を口に運べば、甘やかな米の香りが口一杯に広がる。

健太は箸《はし》を握りしめて身をよじる。美味しいです、ほんとに美味しい、と胸中で繰り返し、それを証明するように無言で空《から》の茶碗を差し出した。茶碗を受け取った志波は笑いながらたっぷりと米をよそってくれる。

かなりボリュームのあるコースを残さず平らげ、ついでに米を二回もお代わりして、健太は満ち足りた溜息をついた。年末年始だって志波の手料理を散々食べたものだが、やはり店で饗《きょう》される料理は格別に美味い。

食後の余韻《よいん》に浸っていると、背後から緑茶の入った湯呑《ゆのみ》を差し出された。ホールスタッフが持って来てくれたのだろう。礼を述《の》べようとすると、相手が健太の隣に腰を下ろした。

随分フレンドリーなスタッフだと思ったら、そこにいたのは志波だった。しかもすでに私服に着替えている。

「あれ⁉　志波さんいつの間に！」

「結構前に裏に引っ込んだぞ。食後でぽやぽやしてたから声もかけなかったが」

カウンターに肘《ひじ》を置き、志波は呆れたような顔で笑う。調理場に立っているときとは距離感の違う笑顔に心臓が跳ねた。

真っ白な調理服を着て、前髪を調理帽の下に押し込んだ志波はいかにも堅物《かたぶつ》な職人然としているが、私服になると途端に雰囲気が柔らかくなる。健太を見詰める目にも甘さがにじみ、どぎまぎして慌てて湯呑を引き寄せた。

「し、志波さん、今日はもう、帰りなんですか？」

「ああ、今日は早上がりだ。ついでに言うと明日は休みだな」

湯呑が唇に当たる前に、不自然に動きを止めてしまった。

このまま食事を終えて帰るつもりだったのに、そんなことを言われたら期待してしまう。

そろりと志波に視線を向けると、待っていたように志波が囁いた。

「この後、うちに来るか？」

店内の喧騒《けんそう》に紛《まぎ》れてしまうくらい小さな声だったが、隣に座っていた健太には確かに届いた。

健太は湯呑に口をつけるのも忘れ、わずかに視線を揺らしてから頷く。

でも泊まりませんよ、と言い添えるつもりだったのに、志波が思いがけず嬉しそうに笑うものだから何も言えない。じわじわと赤くなる頬に志波が気づいていないことを祈りつつ、健太はようやく湯呑に口をつけた。

想いが通じた直後こそ時間を忘れて体を重ねていた二人だが、健太の両親が高祖父の家から帰ってからは一度も肌を合わせていなかった。

体を重ねれば、どうしたってむき出しの首筋に目が行ってしまう。そうなれば、抗《あらが》いようもなく志波の首筋に吸いついてしまいそうで怖かった。

だから今夜も志波の家には泊まらず帰るつもりだった。それなのに。

誤算だったのは、久々に志波に会えたことで、思った以上に健太のテンションが上がっていたことだ。

帰り道、店で食前酒に出てきた日本酒が美味かったと志波に伝えると、帰宅するなり同じ酒を出された。志波もこの酒を気に入ったらしく、たまに家で晩酌《ばんしゃく》をしているという。

ほんの少し飲むつもりだったのに、志波が台所で出汁《だし》巻き玉子や肉豆腐など作ってくれるので箍《たが》が外れた。店で食べる料理も当然美味かったが、志波が自分のためだけに作ってくれる料理は輪をかけて美味い。これも食べるか？　あれも作るか？　と甲斐甲斐《かいがい》しく世話を焼いてくれるのがまた嬉しくて、うっかり杯を重ねてしまった。

結果。

(――久々にべろべろに酔った)

朝日の差し込む寝室の中、健太は青白い顔でベッドに横たわっていた。

結局昨日は志波の家に泊まってしまった……ようだ。よく覚えていないが。

慣れない日本酒を飲むうちに呂律《ろれつ》が回らなくなってきて、これは家に帰るのは無理そうだと実家に電話を入れたところまでは覚えている。その後どうしただろうか。志波の作ってくれるつまみに舌つづみを打ち、さらに酒を呷《あお》って。

おぼろげに覚えているのは志波の困ったような笑顔だ。志波の膝の上に座り込んでご機嫌に酒を飲んだような気もするが現実だろうか。夢だと思いたい。

低く唸《うな》っていたら寝室のドアが開いて志波が入ってきた。

「起きてたか。風呂沸かしたぞ、よかったら朝飯の前に入ってこい」

言われてようやく服のままベッドに潜《もぐ》り込んでいたことに気づいた。他人の家で羽目《はめ》を外し過ぎてしまった自分を恥じつつ、健太は小声で礼を言ってベッドを下りた。

たっぷりと水を飲んでから風呂に入り、湯船に浸《つ》かって汗を流す。風呂から上がる頃には大分《だいぶ》酒も抜けていた。脱衣所に用意されていたトレーナーとジーンズを着て廊下に出れば米の炊ける匂いが漂ってきて、健太は濡れた髪もそのままに台所へ向かった。

「お風呂、ありがとうございました」

味噌汁《みそしる》の出汁を漉《こ》している志波の邪魔をしないよう、隣に立って声をかけた。

志波は首回りのゆったりしたセーターにカーゴパンツを穿《は》いて、前髪もラフに下ろしている。職場とは違い、家で調理をするときはエプロンもつけない。どことなく気の緩《ゆる》んだその姿を見るのが好きで、志波が料理を作っているときは用もないのに台所に来てしまう。

志波は健太を振り返り、「歯ブラシとタオルの場所わかったか？」と返してくる。

「はい、着替えもありがとうございます。前に忘れていったのがあってよかったです」

「他にも何着か残ってるぞ。もういっそお前用の箪笥《たんす》でも買うか？」

「いやいや、ちゃんと持って帰りますよ！」

ふぅん、と志波は鼻先で返事をする。話をしている最中もその手は淀《よど》みなく動き、まな板の上のジャガイモが見事な千切《せんぎ》りになっていく。

「そういえばお前、就職したらどうするんだ？　家を出るのか？」

ジャガイモに続き玉ねぎを千切りにしながら志波が尋ねる。鮮やかな手つきに見惚れ、健太は上《うわ》の空で答えた。

「ひとり暮らしをするつもりで引っ越し資金は貯めてたんですけど……年末の米田通いでかなり残高が減ってしまったので、しばらくは実家暮らしですかね」

「ひとり暮らしなんて出来るのか。飯はどうするんだ？」

「就職先が冷凍食品会社なんで、社割でおかずが買えたらいいかな、と」

「毎日それじゃ飽きないか？」

千切りにされた野菜が鍋に投入され、健太はようやく志波の顔を見る。今日はジャガイモと玉ねぎの味噌汁か。冬場は根菜《こんさい》の味噌汁が嬉しい。朝から体が温まる。

志波のように味噌汁のレパートリーを広げることができればおかずが淋しくともどうにかなるのでは、と返そうとしたら、振り返った志波と目が合った。

「会社はここから近いんだろ？　いっそここに住んだらどうだ？」

予想外のセリフに、直前まで考えていた言葉が霧散《むさん》した。

志波の言う通り、健太の就職先はここから近い。電車で二駅だ。自宅から通うより通勤時間は短縮される。一見合理的な案のようだが、現実に健太がここで暮らすことになったら家賃はどうなるのだろう。光熱費は？　台所や茶の間は共有スペースになるということだろうか。ここは昔ながらの一軒家だ。ルームシェアと言うよりはむしろ。

「……た、他人と同居するの、志波さんは抵抗ないんですか？」

同居と言うべきか同棲と言うべきか最後まで迷った。なんとか平静を装《よそお》ったつもりだが、ごまかせないいくらい声は裏返る。

答えをはぐらかすように質問で返してしまったのは、志波が真顔で冗談を言う男だからだ。今回もどこまで本気かわからない。

志波はすぐに答えず味噌汁へ視線を落とし、何か言いたげに唇を開く。が、すぐにまた閉じてしまった。

いつもと少し雰囲気が違う。なんだろう、とその顔を覗き込もうとしたら、ふいに志波が唇の端に笑みを浮かべた。健太を振り返り、素早く身を屈《かが》めて頬に掠《かす》めるようなキスをする。

「他人じゃなくて、いっそ夫婦になっちまえば問題ないんじゃないか？」

「ひぇっ⁉」

「そろそろ渋谷でプロポーズされる頃じゃないかと待ってたんだが」

突然のキスはもちろん、プロポーズ発言にも驚いて健太はとっさに言葉が出ない。絶句する健太を見下ろし、志波は楽しげに目を細めている。今度こそからかわれたのだとわかり、健太は頬の赤みを隠すように志波から顔を背けた。

志波は喉の奥で笑って冷蔵庫から卵を出してくる。卵と共にボウルに入れられたのは砂糖だ。米田で出される玉子焼きはいわゆる出汁巻き玉子で、大根おろしなどが添えられたそれはどちらかというとしょっぱいのだが、志波が自宅で作ってくれる玉子焼きにはたっぷりと砂糖が入っている。健太の家の玉子焼きには砂糖が入っているのだと以前何気なく口にしたら甘くしてくれるようになった。

視線に気づいたのか、志波が卵を溶きながら言い添える。

「昨日の夜は酒のつまみに出汁巻き玉子を作ったからな。今朝は甘い方だ」

「志波さんの甘い玉子焼き、久々ですね」

嬉しい、と健太が目元を緩めると、志波はくすぐったそうな顔をして肩を竦《すく》めた。照れているのか、ごまかすように話題を変えてくる。

「そういえばお前、最近俺の血を吸ってないけどいいのか？」

さっと健太の顔色が変わる。無意識に一歩下がり、志波から距離をとって曖昧《あいまい》に頷いた。

志波の言う通り、三が日に志波の家を辞してから健太は光露を吸っていない。痕ひとつない志波の首筋から目を逸《そ》らし、出来るだけ明るい声で答えた。

「大丈夫です。吸血行為は段々必要じゃなくなっていくものらしいので」

「いずれは完全に吸わなくてもよくなるのか」

とっさに頷いてしまったが、嘘だ。高祖父の残した手記によると、初恋を自覚した直後ほどではないにせよ、生涯にわたって吸血衝動はついて回るらしい。

今だって、光露の甘さを思い出せば喉が鳴る。朝一番に感じる空腹や喉の渇《かわ》きとはまた別種の飢餓感《きがかん》が忍び寄り、それを振り払うべく首を一振りした。

光露を飲まなくとも食事をすれば飢餓感は落ち着くが、物足りなさはごまかしきれない。昨日だって米田で食事をした後、すっかり満腹になっているはずなのに志波の顔を見たら喉の渇きを覚えてしまい、代わりに浴びるほど日本酒を飲んでしまった。

本当は志波の首筋に吸いついて、恍惚《こうこつ》とするほど甘いあの液体を飲み下したい。けれどそうすることで志波の命まで吸い尽くしてしまうのは怖い。ただの勘違いならいいが、真実だったときはもう志波の側《そば》にいられなくなる。自分は本物の化け物だ。

それが志波に知れたとき、志波に拒絶されてしまうのが一番怖かった。

滑《なめ》らかな首筋を見ていると口の中に唾《つば》が湧いてきて、健太は志波の手元へ視線を落とした。

油を敷いた玉子焼き鍋に、溶いた卵が流し込まれる。じゅわっと小気味のいい音がして、砂糖の焦げる温かな匂いが広がった。ふつふつと膨《ふく》らんできた表面を菜箸《さいばし》で突いて破り、志波は一言「本当か？」と口にする。

嘘を見抜かれてしまったようで返答が遅れた。健太は軽く息を整えてから頷く。

「前は志波さんのご飯しか食べられなかったので食事の量が減って、足りない分を光露で補《おぎな》ってたんです。でも最近は、他の人が作った料理も食べられるようになってきましたから」

これは嘘ではない。全くの他人が作った料理はまだ喉を通らないが、母親の作った料理はなんとか食べられるようになってきた。これまで絶えずつきまとっていた泥や錆《さ》びや埃《ほこり》の匂いがかなり薄れてきた実感はある。

健太の言葉に耳を傾けながら、志波は軽やかに鍋を振るって玉子焼きを巻く。焦げつきも形《かた》崩《くず》れもない黄金色《こがねいろ》の玉子焼きを皿に移すと、志波は菜箸を置いて健太へと向き直った。

「その割に、さっきからどうして人の首元ばっかり見てるんだ？」

言われて初めて志波の首筋を凝視《ぎょうし》していたことに気がついた。玉子を焼く手元に集中していたつもりだったのに、いつの間にか玉子は目の端に捉える程度になって、志波の首筋から目が離せない。

志波はセーターの首元を摑んで引き下げると、鎖骨《さこつ》まで露《あら》わにして身を屈める。目の前に薄く筋の浮いた首が迫《せま》り、ごくりと唾を飲んだ。

「飲みたきゃ飲めばいいだろう」

「いや……いやいやいや、本当に、飲まなくても全然……！」

「そんな物欲しそうな顔されて信じられるか」

いったい自分はどんな顔で志波の首元を見ていたのだろう。鼻先に志波の首を押しつけられて目が回りそうだ。これ以上ごまかすのは不可能だと、健太は弱々しく口を割った。

「違うんです……その、最近志波さんの光露の味が変わってきて……」

「不味《まず》くなったか」

「まさか！」

そんなわけがない。今だって自分を抑《おさ》えるので精一杯だ。志波の首筋の匂いに息が上がる。今すぐむしゃぶりつきたい。何度も喉を鳴らして溢れてくる生唾を飲み込んだ。

志波はそんな健太の反応を正しく読み取り、健太の背中に腕を回して抱き寄せる。

「だったらどうして飲まない。我慢するのは辛いだろう」

健太は口を開いたが、喉が渇ききって掠れた声しか出なかった。息苦しさに喉を掻《か》く。空腹が過ぎて胃が絞《しぼ》られるように痛い。でも我慢しなければ。志波に万が一のことがあってからでは遅い。

逡巡《しゅんじゅん》する健太の背中を志波が叩く。その優しい振動にほだされ、せめて現状だけでも伝えておくべきかと健太の心が傾いた。

「実は……最近、光露の味が――」

そこまで言ったところで、突然健太は穴に落ちた。

否、穴に落ちたような錯覚に陥《おちい》った。

足元の床が抜けてどこかに落ちたと思ったのは、突如《とつじょ》目線が低くなったからだ。直前まで視線の先には志波の肩があったのに、気がついたときには腿《もも》が目の前に迫っていた。

驚いて頭上を見遣《みや》ると、志波の顔は遥か上にある。床に胸まで埋《う》まった状態で志波を見上げている気分だ。これは本当に床が抜けたのではないかと足元に目を落とすと、そこには脱ぎ捨てられたジーンズが落ちていた。

手を上げようとして、トレーナーの袖《そで》がやたらと伸びていることに気づく。状況が理解できずもう一度志波を見上げると、志波が勢いよくその場に膝をついた。

目を見開いた志波は愕然《がくぜん》とした表情だ。その鬼気迫《ききせま》る表情にも驚いたが、それ以上に志波の顔がいつもよりずっと大きく見えて後ずさりした。床に落ちていたジーンズに足を取られてよろけそうになると、志波が慌てたように腕を伸ばして健太を抱き止めてくれる。

背中を支えてくれた感触が腕というより丸太に近くて目を瞬《しばた》かせると、張り詰めた表情で志波が口を開いた。

「お前……健太か？」

予期せぬ質問に目を瞠《みは》ったものの、はい、と返事をしたら妙に高い声が出てぽかんとする。

誰の声だと思ったら、突然志波に抱き上げられた。

これまでも縦に抱かれたり横に抱かれたりしたことはあったが、今回は小脇に抱えられているらしい。いつの間にそんな腕力が、と驚く間もなかった。眼下を流れていく床がやけに遠くに見えて体が竦んでしまったからだ。

足音も高く廊下を突き進み、やって来たのは脱衣所だ。ほとんど蹴《け》り上げる勢いで扉を開けた志波は洗面台の鏡の前に立つ。

鏡の中には取り乱した様子の志波の姿があった。小脇に子供を抱えている。まだ幼稚園に通い始めて間もないと思《おぼ》しき年頃の男の子だ。大人の物だろうぶかぶかのトレーナーを着ている。

健太は瞬《まばた》きをひとつして、恐る恐る自分の頬に触れてみる。

鏡の中の子供も、健太の動きを真似るように自分の頬に触れた。

互いの動きは完全に一致していて、健太は眦《まなじり》が裂けるほど大きく目を見開いた。

「お……っ、俺⁉」

叫び声は甲高《かんだか》い子供のそれで、健太は志波の腕の中でじたばたと暴れる。

「お前やっぱり健太か⁉」

まだ半信半疑の顔で志波に尋ねられ、健太は勢い良く頷いた。鏡の中の子供も同じ動作をしている。やはりあれは自分の姿だ。

(どうなってんだ俺⁉　俺の体、子供みたいに縮んで――)

動転してあちこちに視線を飛ばしていた健太の目が止まる。思い出したのは、高祖父の家から帰ってきた父の言葉だ。

『光露が足りなくなると、僕らに寄生した何かは、縮むんだ』

ああ、と健太は両手で顔を覆う。

(縮むってこういうことか――!)

ご先祖様は吸血鬼だの、吸血鬼の正体は巨大軟体生物だの、細胞のひとつひとつにそれらが寄生しているだの、とんでもない話を次々と聞かされてもう何も驚かないつもりでいたが、やはりまだまだ認識が甘かった。

突然手足の力を抜いて弛緩した健太を、志波が慌てた様子で揺らして起こす。事情を知らない志波は輪をかけて混乱しているに違いない。

健太は力なく顔を上げると、父親から伝え聞いた内容をそのまま志波にも言い渡した。

「つまり、血を飲まなかった副作用でお前は縮んだわけだな?」

場所を茶の間に移し、志波は地を這うような低い声で確認する。

一通りの説明を終えた健太は未《いま》だにぶかぶかのトレーナーを着たまま頷いた。俄《にわ》かには信じられない話だが、こうして現実に起こってしまったことなので受け入れるより他ない。

志波は胸の前で腕を組むと、目を閉じて深々とした溜息をついた。息を吐き尽くした後もし

ばらくじっとしていたが、勢いよく顔を上げたと思ったら鋭く健太を睨みつける。

「やっぱり血を飲む必要があったってことだろうが！　どうして妙な嘘なんてついた⁉」

志波が声を荒らげるなど珍しいことで、健太の体が跳ね上がる。自分の体が小さくなったせいか、志波の体は普段の倍以上も大きく見えて腰が引けた。

「う、嘘じゃないです、飲む必要、なかったです……！」

「あるだろうが！　飲まなきゃその通り体が縮むんだぞ！　とっとと飲め！」

志波がセーターの襟元《えりもと》を引き下げて迫ってくる。その様はあたかも大きな山がこちらに雪崩《なだれ》落ちてくるようで、健太は飛び跳ねるように立ってその場から駆けだした。

「だって！　だって味が！」

「さっきもそんなこと言ってたな！　えり好みしてる場合か！」

背後から志波の手が伸びてきて、あっさり腕を摑まれた。引き寄せられると体ごと持って行かれる。踵《かかと》で畳《たたみ》の上を擦《こす》るように引きずられ、こんなに力の差があるのかと驚いた。人間というより、重機《じゅうき》に摑まれて振り回されているようだ。

振り返って見上げた志波は、見たことがないくらい怖い顔をしていて息が引き攣《ひつ》った。これまでとは別人のようだ。

健太の顔に怯《おび》えの色が走ったのに気づいたのか志波の手が緩む。

と思ったら、今度は玄関の方でけたたましい音がした。

健太と志波は顔を見合わせる。誰かが玄関の引き戸を叩いているようだ。

志波は迷うような表情を見せたものの、いつまでも戸を叩く音がやまないと悟《さと》ると「ここで待ってろ」とだけ言い残して部屋を出て行った。

すぐに玄関の戸が開いて女性の声が響いてきた。

健太は立ち上がり、襖《ふすま》の陰からこっそり廊下に顔を出す。玄関先にいたのは志波よりいくらか年上に見える女性だ。昔の彼女でも訪ねてきたのかとドキドキしたが、すぐに志波が相手を「姉貴」と呼んだので疑いは晴れた。

志波は腰に手を当て、呆れたような口調で言う。

「なんのためにチャイムがあると思ってんだ。戸が壊れるぞ」

もっともな言葉を聞き流し、志波の姉は肩を怒らせて言い放った。

「達也《たつや》、お願いがあるんだけど！」

「断る」

「今日だけこの子預かって！」

姉の申し出を聞く前に断る志波もどうかと思うが、弟の返答など意にも介さず要求をつきつけてくる姉も姉だ。

志波の姉は背後を振り返ると、玄関の外に立っていた小さな人影を前に押し出した。

現れたのは毛糸の帽子をかぶった男の子だ。目の大きな、可愛らしい顔立ちの子供だった。

志波の姉の子らしい。子供を見た途端、明らかに志波の声が丸くなる。

「大和《やまと》か。久し振りだな、何歳になった?」

志波がしゃがんで視線を合わせると、子供は無言のまま片手を上げて三本指を立てた。三歳らしい。

志波の姉は腕を組み、溜息交じりに呟いた。

「達也、アンタ料理人でしょう。この子にご飯食べさせて」

志波はしゃがんだまま、「なんだ急に」と不可解そうな声で言う。

「この子、私の作ったご飯食べないのよ。ちっとも」

「離乳食か?」

「もう離乳食なんて終わってるけど食べないの! 無理、もう無理! 旦那も出張中だし、自分の時間は一切ないし、本当に無理!」

甲高い声が廊下に響いて健太は肩を竦める。

よくよく見ると志波の姉は化粧もせず、長く伸びた髪もおざなりに後ろで一本に括《くく》っているだけだ。青白い頬はげっそりとやつれて見える。

志波もそんな姉の姿をしげしげと眺めてから立ち上がった。

「でも、大和も春から幼稚園だって言ってなかったか? そうすりゃいくらか自分の時間も」

「その前に面倒臭い手続きがあるのよ! 入園式のスーツも買ってないし、美容院も行けてないんだから！　全部一日で済ませてくるから、今日だけこの子を預かって！」

言葉尻に涙が混ざる。志波の姉がかなり追い詰められているのは明らかだ。傍《かたわ》らに立つ少年も無表情で立ち尽くしている。

志波は姉と甥《おい》を交互に見て、一瞬だけ廊下を振り返る。健太のことを気にしているのだろう。健太も視線に応えようと身を乗り出してしまい、うっかり志波の姉と目が合った。

「……達也、あの子誰？」

慌てて襖の裏に引っ込んだが遅かったようだ。志波の姉の声が硬くなる。

「まさかあんた、いつの間にか子供を――」

「違う、俺の子じゃない。近所の子供を預かってるだけだ」

とっさの言い訳に姉が訝《いぶか》し気《げ》な顔をしたのは一瞬で、すぐに話は早いとばかり言い募《つの》る。

「だったらいいじゃない、大和のことも一緒に預かって。子供同士遊ぶからそっちの方が楽よ」

「お願い」ともう一度姉に懇願《こんがん》され、ついでにその子供にまで服の裾《すそ》を握られて、志波は諦めたような溜息をついた。

志波の甥は名を大和というらしい。これまでも何度か志波に預かってもらったことがあるそうで、母親が行ってしまってもうろたえることなく、志波と手をつないで茶の間にやって来た。まだ完全におむつの外れていない大和は、万が一のために着替えを山ほど持って来ていた。

健太と大和の体格はほとんど変わらず、ぶかぶかのトレーナーを着ていた健太は大和の服を借りることになった。

「これなんか似合うんじゃないか」と志波は真顔でクマのアップリケがついたトレーナーを差し出してきたが、さすがにそんな可愛らしい服に袖を通すのは恥ずかしく、比較的大人びたボーダーのハイネックと黒いハーフパンツを選んで着る。少し裾は余るものの問題なく着られるところを見ると、健太の体も三歳前後と見当をつけてよさそうだ。

「そういえば朝食がまだだったな。大和も食ってないんだろう?」

志波に問いかけられ、大和が無言で頷く。緊張しているというよりも、元来口数の少ない子供らしい。

すぐさま台所に引っ込んだ志波が、子供用の朝食を手に戻ってくる。

用意されたのはゆかりをまぶしたご飯と玉子焼き、わずかに具を浮かべた味噌汁だ。それに大和が持参した子供用のスプーンとフォークを添えて卓袱台《ちゃぶだい》に配膳《はいぜん》する。

炊き立ての米から甘い匂いが立ち上り、そこにゆかりの酸《す》っぱい香りが寄り添って健太は喉を鳴らした。

しかし当の大和は食事を一瞥《いちべつ》しただけでスプーンに手を伸ばそうともしない。

「……食べないの?」

地蔵《じぞう》のように動かない大和に痺《しび》れを切らして健太が尋ねると、大和は無言で卓袱台から顔を背《そむ》けてしまった。

「早く食べないと冷めるよ？　ねえ？」

しつこく声をかけてみても大和は反応しない。その間にも米や味噌汁は着実に冷めていき、食べどきを逃《のが》しては大変と健太はやきもきする。一方の志波は大和のこうした反応に慣れているのか、大和を急《せ》かそうとする健太をやんわりと止めてきた。

「無理に食わせなくてもいい、別のものを用意する。大和、何が食いたい？」

健太は驚愕《きょうがく》の眼差しを二人に向ける。

志波の作った料理を残す大和が信じられない。土鍋で炊かれた米はぴかぴかに総立《そうだ》ちしているというのに。玉子焼きだって甘くてふわふわだ。味噌汁は出汁がしっかり出ていて、千切りにした野菜はさっと火を通しているのでさりさりとした歯触りが抜群《ばつぐん》だ。何が不満か。

志波も志波だ。一口食べれば大和とてその美味さがわかるはずなのにあっさり諦めるとは。憤懣《ふんまん》やるかたない健太を置き去りに、志波は大和に何が食べたいか訊き続けている。大和は長いこと俯いて黙っていたが、ようやく顔を上げると小さな声で言った。

「……クロバシサン」

志波は眉を上げ、「黒橋さん？」と繰り返す。

「なんだ？　黒橋？」

「クロバシサン」

「……さっぱりだな。姉貴に訊くか」

すぐさま携帯電話を取り出して、志波が姉へとメッセージを送る。

画面から顔を上げた志波は、そこでようやく健太の不満げな顔に気づいたようだ。「そうか」と呟き立ち上がったと思ったら、台所から盆を持って戻って来た。そこに並んでいたのは大和に出したのと同じ料理だ。

「お前の味噌汁も一応水で薄めてあるぞ。子供に味の濃い物は避けた方がいいらしい」

自分の朝食がないから健太が不機嫌にしていると思ったらしい。

的外れもいいところだったが、目の前に並ぶ料理の魅力には抗いがたい。健太は精一杯の仏《ぶっ》頂面《ちょうづら》を作り、いそいそとスプーンを持った。

「俺は箸でも大丈夫ですよ。味噌汁だって薄めなくて平気です」

「その手じゃ大人の箸は持てないだろ。体は子供なんだ、無理するな」

折角の味噌汁を水で薄められたのは残念だったが、ぷくぷくと短いこの指で箸を扱うのは確かに難しそうだ。余計な反論はせず、いただきます、と手を合わせると、卓袱台の向こうに座る大和と目が合った。

ここは年長者らしい食べっぷりを披露してやろうと張り切ってゆかりご飯を口に運ぶ。温かな米を口一杯に頬張って、健太はぎょっと目を見開いた。

(えっ、何これ……こ、米……？)

思わず茶碗の中を覗き込んでしまった。そこには確かに白米がよそわれているのだが、いつもとまるで食感が違う。

体が小さくなってしまったせいか、口に含んだ米粒がやけに大きく感じた。米というより、細長い豆を食べている気分だ。口の中をゴロゴロと米粒が移動して落ち着かない。

（デ、デカい……）

気になるのは米の食感だけではない。ゆかりもだ。噛みしめると口の中がじゃりじゃりする。普段とは比較にならないほど尖った塩気に口が止まりそうだ。いつもなら仄かな酸味と塩気を感じる程度なのに、塩の塊《かたまり》を噛んでいる気分になる。

眉間にシワが寄りそうになったが、卓袱台の向こうから大和と志波が自分を見ていることに気づいて慌てて笑顔を作った。いったん米を卓袱台に置き、今度は味噌汁に口をつける。

水で薄めた、と志波は言っていたが、味噌汁も味が濃かった。口の中がチクチクするほど塩気を感じる。千切りにしてサッと火を通した野菜も固い。歯ざわりがいいと思っていたそれも、子供が食べると生煮《なまに》えとしか思えないことを初めて知った。その上普段なら感じない玉ねぎのえぐみに顔を顰めそうになる。口の中には繊維《せんい》が残り、焼き肉屋のモツもかくやというレベルで飲み込むタイミングがわからなかった。

何度も顔を顰めてしまいそうになり、そのたび志波の視線を感じて笑顔を作った。いい加減頬が攣りそうになってきたが、まだ玉子焼きが残っている。

おかしなリアクションをしてしまわぬよう、息を整えてから玉子焼きにフォークを突き刺した。子供が食べやすいよう、いつもの半分の大きさに切られた玉子焼きを口に放り込む。

（あ、これは美味しい……！）

甘く柔らかな玉子焼きは舌に優しく、健太はほっと胸を撫で下ろす。

しかしいくら小さめに切ってあるからといって一口で食べようとしたのは間違いだったらしい。柔らかな玉子焼きが喉の奥を圧迫して嘔吐《えず》きそうになる。確かに美味しいとは思うのだが、咀嚼が足らないのか飲み込もうとすると喉の奥から押し戻されそうになった。

どうにかこうにか玉子焼きを飲み込んで、健太は涙目で目の前の料理を眺めた。どれもこれも見慣れた料理なのに、いつもとはあまりにも味や食感が違う。

口の中の感覚がひどく鋭敏《えいびん》になっているようだ。普段と同じ調子で食べ物を口に放り込むと、上顎《うわあご》や喉の奥に食べ物が触れて吐き戻してしまいそうになる。味覚も鋭い。調味料が刺激物のようだ。

（子供の口ってこんなに繊細《せんさい》なのか……）

三歳の頃の記憶など残っているわけもない健太は、かつて自分が体験しただろう感覚を新鮮な驚きと共に再体験する。しかしいつまでも驚いているわけにはいかない。先程からずっと、食事に手を伸ばそうとしない大和と、姉からのメッセージを待つ志波が、手持ち無沙汰《ぶさた》に健太の様子を見ているからだ。

大和に食事を食べるようしつこく促《うなが》した自分が残すなど決まりが悪いし、何より作った本人に向かって「もう食べられません」などと言えるわけもない。

ぎこちない笑顔を顔に貼りつけながらフォークを動かしていると、ようやく志波の姉から返信があった。志波の視線が離れたことにほっとして、健太は必死の形相《ぎょうそう》で料理を口に押し込んでいく。

大和は相変わらずこちらを見ていたが、作り笑いを浮かべる余裕など最早《もはや》健太には残っていなかった。


大和は人見知りや場所見知りをしないタイプらしく、朝食を終えるとテレビを見たり持参したミニカーを出したりしてマイペースに遊び始めた。ひとり遊びが性に合っているようで、健太や志波にまとわりついてくることもない。

健太は親戚の中で一番年下だったこともあり、小さな子供とどうやって接したらいいのかわからない。部屋の壁に凭《もた》れて座り、ミニカーで遊ぶ大和の後ろ姿を眺めるばかりだ。そうこうしているうちに、洗い物を終えた志波が茶の間に戻ってきた。

傍《かたわ》らに志波が座っても、健太は志波を見ようとしない。志波の作ってくれた朝食を無理に食べていたことがばれているのではないかと思うと、後ろめたくてその顔が見られない。

志波はしばらく健太と一緒に大和を眺め、おもむろに口を開いた。

「お前の体は、俺の血を飲めば元に戻るのか？」

大和の耳を気にしたのか、潜《ひそ》めた声で尋ねてくる。

健太の味覚がおかしなことになっていることは悟られていないようだ。ほっとしつつ、「多分」と自信なく頷いた。縮んでしまったときの対処法までは父親から聞いていないが、理屈としてはそういうことになるだろう。

志波は無言でセーターの首元を引っ張ると健太に体を寄せる。横から大きな建物が倒壊《とうかい》してくるようで、健太は身を守るように膝を胸に抱え込んだ。

「だったら飲め。今すぐ」

健太は志波の首筋に目を向けたものの、ますます強く膝を抱いて答えない。朝は志波の首筋を見ただけで喉が鳴ったが、今は吸いつきたいとも思わなかった。体が小さくなって省エネモードに入っているのかもしれない。

志波は健太の頑《かたく》なな表情を見下ろすと、溜息をついて襟元を正した。

「味が変わったって言われても俺にはどうしようもないぞ。食生活を変えた記憶はないし、煙草だって吸ってない。味が変わった理由なんて見当もつかないからな」

「わかってます、志波さんのせいじゃないんです」

変化したのは光露の味ではなく、自分の味覚の方だろう。

それに不味《まず》くなったわけではない。むしろ飲みたいと思う。でも飲めない。志波の命を吸い上げているようで怖い。

今朝、志波は健太より早く起きて朝食を作っていた。ここのところ健太が光露を吸っていなかったから調子が戻ったのではないか。

疑惑は確信に変わり、そのことを志波に相談することも出来ず健太は固く唇を結ぶ。

再三志波に「飲め」と迫られ、「嫌です」とそっぽを向くと浅い溜息をつかれた。

「お前まで大和みたいな我儘《わがまま》言うな」

声には呆れたような色が混じっていて、健太はそれきり志波を振り返れなくなる。

我儘じゃない、という反論が胸の中で大きく膨らんで喉を圧迫した。声どころか息すら吐き出せなくなって脇腹が痙攣《けいれん》する。腹の底からせり上がってきたのは悔しさとも悲しさともつかない感情で、違う違う違うと頭の中で自分の金切《かなき》り声が反響した。

志波の些細《ささい》な一言にかつてなく感情が波立つ。その上すぐに鎮《しず》まらない。乱れる一方だ。手漕《てこ》ぎの小舟で荒れ狂う大波に立ち向かっている気分だった。あっという間に転覆《てんぷく》しそうだ。

視界が潤《うる》んでいくのをごまかしたくて深く俯く。

健太が一向に振り返らないのを見て取ったのか、志波はもう一度溜息をつくと黙って台所へ行ってしまった。

遠ざかる足音に耳を傾け、健太は強く唇を噛んだ。

ほっとしたようながっかりしたような。「構ってほしい」と「放っておいて」が交互に襲い掛かる。どちらも本心で、でもどちらの行動をとられてもきっと腹立たしい。感情が先走って、自分で自分を宥《なだ》めるのにかなり時間がかかった。

（……子供って、体だけじゃなくて心の容量も小さいんだな）

むき出しの膝小僧に湿っぽい目尻を擦りつけ、健太は深々とした溜息をついた。


大和の昼食を用意するため志波が食材の買い出しに行くことになり、その間は健太が子守を引き受けることになった。

体は子供に戻ってしまったが、中身は歴《れっき》とした成人男性だ。何かあったら携帯電話からすぐ連絡を送ることにして志波を見送る。

大和はひとり遊びが好きらしく、ミニカーなどで遊んでいる間は健太を振り返ることもしない。健太はずっと背後から大和を見守っていたが、元がおっとりした性分の子供らしく、走り回ったり高い所に上ったりしないので本当に後ろから見ているだけでよかった。

健太がいるとはいえ家に小さな子供を残していくことに気が引けたのか、志波は思ったよりずっと早く帰ってきて昼食の準備を始めた。

朝食の時間に大和が言っていた「クロバシサン」は「クロワッサン」であったことが判明し、大和は和食より洋食の方がまだ口をつけることもわかったので、昼は洋食になったようだ。

献立《こんだて》は、細かく刻んだ野菜が入ったケチャップ味のスパゲティとフライドポテト、タコ足に切ったウィンナーとブロッコリーだ。

志波は自宅でも和食を作ることが多いので何やら新鮮な食卓だった。しかし大和は朝と同じく卓袱台に並んだ料理に手をつけようとしない。フォークも持たぬうちから「アイスがいい」などと言い出す始末だ。

大和と健太の前に同じ配膳で料理を並べた志波は、大和の隣に腰を下ろすと「何が嫌だ?」とのんびり尋ねる。大和は無表情でフライドポテトを指さすと、気兼ねもなく言い放った。

「大きい」

「わかった、じゃあ小さく切ってやる。他には?」

「ちゅるちゅるに野菜入ってる」

「ちゅる……スパゲティか。でも人参も玉ねぎもこんなに小さいぞ? 食べられないか?」

「やだ」

取りつく島もない。

朝はそんな大和を見てやきもきしていた健太だが、今は咎《とが》める言葉も出てこなかった。それどころか、わかる、と胸の中で大和に同意してしまうくらいだ。

健太はフォークを手に取ると、溜息を押し殺してフライドポテトを口に運んだ。

志波も子供が食べやすいよう小さめに芋《いも》を切ってくれているのだが、それでもやはり口に押し込むと大きく感じる。揚げた芋の角々が上顎や喉の奥に当たって痛い。皮がいつまでも口の中に残るのも不快だ。無理やり飲み込もうとすると吐きそうになる。だからと言ってたくさん噛めば顎《あご》が疲れて嫌気がさした。

大和がアイスを欲しがる理由も痛いほどわかった。甘いジュースやアイスなど、柔らかくて舌に優しい物がほしいのだ。

なんとかフライドポテトを飲み込んだものの、健太は力尽きてフォークを置いてしまいそうになる。

これで腹でも空かせていれば話は別だが、そもそも空腹を感じていない。恐らく大和もそうだろう。スパゲティに潜《ひそ》む野菜探しに熱中している。あれは野菜を嫌がる以上に、食べるという行為に興味が持てないから別のことをして時間を潰《つぶ》しているのだ。

（こんなに燃費《ねんぴ》がいいのか、子供の体……）

子供なんて一度の食事で少ししか食べないし、その割に活発に動き回るのですぐに腹が減るものだと思っていたが実情は違うらしい。

健太は自身の腹に意識を集中してみる。空腹感はない。もしや子供の脳にはまだ空腹中枢《ちゅうすう》が確立されていないのでは、と疑うほどだ。

大和と同じようにフォークの先でスパゲティでも突《つつ》き回していたいところだが、向かいには志波が座っている。大和だけでなく健太まで料理を残したら、料理人である志波のプライドを傷つけてしまうかもしれない。芋づる式に朝食も無理をして食べたのがばれてしまう恐れもあり、健太は黙々と食事を続けた。

一方の大和は全く料理に口をつけようとしない。スパゲティの山からすべての野菜を取り除《のぞ》けて、すでに何かやり切ったような顔をしている。立ち上がろうとした大和を志波が「ここからが本番だろう」と苦笑交じりに連れ戻し、自身の膝に座らせた。

その光景に、それまで機械的に料理を口へ運んでいた健太の手が止まった。

胸の内側で爆発した感情が大き過ぎて、すぐには名前をつけることも出来なかった。瞬きを三回して、ようやくそれが羨望《せんぼう》であることを理解する。

食事をしたくないと思っているのは自分だって一緒なのに、大和ばかり甲斐甲斐しく世話を焼かれるのが羨《うらや》ましかった。フォークを置いて二人の様子を見詰めるが、志波は大和の口元にポテトを運んだり、ブロッコリーにマヨネーズをつけてやったりと忙しく健太を振り返らない。

健太は自分でポテトを口に運べる。ブロッコリーにマヨネーズだってつけられる。だから志波に手伝ってもらうことなどひとつもないのだけれど、妙に胸が詰まって視線を落とした。

(あれ、なんで俺ちょっと泣きそうになってるんだ⁉)

瞬きのたびに視界が潤んで、健太は俯いたままポテトを口に放り込んだ。

もしも目に涙が浮かんでいることを志波に気取《けど》られたら、そのときはポテトの角が口を傷つけて痛いのだと言い訳しよう。

そう思っていたのだが、志波は最後まで大和の世話にかかりきりで、健太の顔色に気づくことはなかった。

昼食の後、大和がうつらうつらし始めたので居間の隣の仏間《ぶつま》に布団を敷いた。

「お前も体は子供なんだから一緒に寝ておけ」と志波に言い含められ、健太も大和の隣に身を横たえる。

午後の日差しが障子《しょうじ》を通して柔らかく差し込んでくる。畳の匂いと線香の匂いが薄く漂う室内は適度に薄暗く、すぐに大和の寝息が聞こえてきた。

健太は布団の上で仰向《あおむ》けになり、いつもよりずっと遠くに見える天井を眺める。なんとか昼食は食べきったが、無理をしたせいで体が重い。この体にはもっと少ない量で十分なのだろう。

(食事って習慣なんだな……)

茶の間を隔《へだ》てた台所から聞こえてくる水音に耳を傾けて健太は思う。

調味料は料理に必要不可欠だと信じていたが、子供の舌に塩気は刺激物でしかなかった。ケチャップも甘さより酸っぱさが際立《きわだ》つ。マヨネーズも同様だ。きっと食事を重ねるうちに調味料の刺激に慣れて、今度はその刺激がないと物足りなくなるのだろう。

食事の回数も一日三回が当たり前になっているが、実際はもっと少ない回数で問題ないのかもしれない。社会が昼休みというルールを作ってしまったので正午に食事をとるのが習慣化しているだけで、体に見合ったエネルギーを摂取《せっしゅ》するだけなら一日二回で事足りそうだ。現に大和は小鳥の餌《えさ》じみた量の食事でも元気に遊び、今も健《すこ》やかな寝息を立てている。

一日三食、一汁三菜《いちじゅうさんさい》。一度それが当たり前になってしまえば、後から食事の回数や量を減らすことは難しいだろう。

（吸血行為も、習慣化したりするんだろうか）

天井を睨み、健太は腹の上できつく両手を組む。

志波の首筋に唇を当て、強く吸い上げるあの瞬間、口の中には蕩けるほど甘い液体が流れ込む。飲み下せば喉や、胸や、腹の底まで熱くなり、酩酊感《めいていかん》に目も開けていられない。乾いた体が甘い液体を含んで重くなり、しっとりと肌が汗ばんでいく。

強い酒が体中を巡っていくようなあの感覚にもいずれ慣れて、今よりさらに光露を欲しがるようになるのだろうか。そうなったとき、志波の体にどんな影響が出るだろう。

首筋に残る無数の痕と、朝日に照らされる青白い寝顔が目に焼きついて離れない。いずれそのまま目を覚まさなくなるのではと思うと震えが走る。志波の命を吸い尽くしてしまいそうで不安だ。恐怖は見る間に膨らんで、健太は大和に背を向けると赤子のように体を丸めた。

大丈夫だ、自分が光露を吸わなければいいだけの話だと己《おのれ》を宥めても、今度は新しい不安が頭を過《よぎ》る。このまま光露を吸わなかったら、自分の体はどうなるのだろう。

父の話では高祖父も結婚当初『縮んだ』らしい。光露を吸ってまた元に戻ったのだろうと漠然と考えていたが、実際のところどうなのだろう。当時の写真が残っているわけでもなく、高祖父が縮んだままだった可能性もないわけではない。

光露を吸っても、もう元の体には戻れないかもしれない。これからもう一度二十年分の人生をやり直すのか。一度縮んだ体が再び成長するのかも疑問だ。

不安は弥増《いやま》すばかりだ。いつもより断然感情のコントロールが効かない。これも体が縮んだ弊害《へいがい》か。喉の奥から漏れそうになる嗚咽《おえつ》を必死で嚙み殺していたら、室内にわっと子供の泣き声が響き渡った。

声を上げて泣き出したのは、それまで必死で涙をこらえていた健太ではなく、隣で心地よさそうに眠っていたはずの大和だ。

健太は慌てて起き上がって大和の顔を覗き込むが、大きな声で泣き続ける大和はしっかりと目を閉じている。夜泣きのようなものだろうか。

すぐに台所から志波がやって来た。おろおろする健太に大丈夫だと頷いて、大声で泣き続ける大和の額に掌《てのひら》を当てる。

「何か悪い夢でも見てるんだろう。一度起こした方がいいか……」

独り言のように呟いて、志波が大和を抱き起こす。少しばかり不慣れな仕草で大和を胸に抱くと、志波は立ち上がって大和の背中を叩いた。

「ほら、起きろ大和。大丈夫だから」

健太は布団の上に座り込んだまま志波を見上げる。頭上から降ってくる志波の声は優しい。

でも立ち上がったその顔は遠過ぎてよく見えない。

志波さん、と無意識に志波の名前を呼んでいた。けれど健太の小さな声は大和の泣き声に掻《か》き消されてしまって志波の耳にまで届かない。

志波が大和を抱く姿を見ていられず、健太は黙って布団に横たわった。ブランケットを頭からかぶり、大和の泣き声も、それをあやす志波の声も聞こえぬように耳をふさぐ。

今度こそ喉の奥から嗚咽が漏れそうになった。胸の中心に開いた穴に風が吹き込んでくるように、喉の奥からヒューヒューとか細い音が漏れる。

ブランケットの下の暗がりで、健太の爪先《つまさき》から忍び寄ってきたのは淋しさだ。それにしっかりと足首を摑まれ健太は奥歯を嚙みしめる。

淋しく思う必要なんて何ひとつないはずなのに。胸の隅で、大和に志波を取られてしまった悔しさと淋しさが頭をもたげる。

食事のときも、今も、志波は大和ばかり気にかけて自分を振り返ってくれない。

志波は自分より大和の方が好きなのだ、などとはさすがに思わない。志波が健太に構ってくれないのは、健太の中身が大人だとわかっているからだ。

だから志波は健太に手ずから料理を食べさせない。こうして健太が泣いていても抱き上げない。それ以前に、健太が泣いていることに気づいてすらいない。

当たり前だ。健太は子供ではないのだ。

頭ではそう理解できるのに納得ができない。

胸の奥にある、普段なら諸々《もろもろ》の感情を過不足なくしまえるスペースが急に小さくなって、しまいきれなかった感情が溢れてしまう。

溢れた感情でひたひたになった胸はいつになく柔《やわ》くなって、指の先で軽く押されただけでも無残にへこみ、撫で下ろされて傷がついた。

悲しくて、悔しくて、淋しくて、自分は傷ついているのだと自覚する。

ブランケットの下で体を丸めた健太の傍らでは、泣き続ける大和をいつまでも志波が抱いてあやしていた。


外が夕暮れに染まる頃、大和はけろりとした顔で目を覚ました。寝起きはいいようで、志波からおやつとジュースをもらってご機嫌だ。

健太もいつの間にか大和の隣で眠っていたらしい。大和に続いて茶の間に行くと、健太にもおやつが用意されていた。玉子ボーロだ。

相変わらず食欲はなかったがお義理で口に入れ、玉子ボーロの優しいくちどけに感動した。さすが長年子供たちのおやつとして愛されてきた老舗《しにせ》の味だ。甘さも強過ぎずちょうどいい。

うっかり大和と競《きそ》い合うようにおやつを食べて、気づけば外はすっかり暗くなっていた。

志波の姉はまだしばらく戻って来ないようで、大和は夕飯もここで食べていくそうだ。ただでさえ空腹感はない上に、おやつを食べ過ぎて胃が膨らんだ健太は重苦しい表情で大和と一緒に幼児向け番組を凝視する。内容はほとんど頭に入ってこない。それより台所から漂ってくる油の匂いが気になって仕方なかった。

（……揚げ物だろうな）

普段なら、台所からこんな匂いが漂ってきたら一目散《いちもくさん》で志波のもとへ走っていくのだが、今日は立ち上がる気力もなかった。それどころかあまり志波が張り切ってくれなければいいとすら思ってしまう。どうせ大和はほとんど食べないのだし、自分だって。

（志波さんのご飯を食べたくないと思う日が来るなんて）

体が縮んでしまったのだから仕方がないとは思いつつ、罪悪感に押し潰されそうだ。

暗い顔でテレビを見ていたら志波から声がかかった。夕飯の準備ができたようだ。

大和と共に卓袱台を振り返り、わ、と健太は声を上げる。歓声を上げたつもりだったが、自分でもほとんど表情が動かなかったのがわかった。

卓袱台の上に山と積まれていたのは唐揚《からあ》げだ。さらに、きゅうりや人参を細長く切ったスティック野菜、コーンスープ、子供の手でも食べやすい小さなおにぎりが並んでいる。

唐揚げは健太の好物だ。志波もそれをわかっていてわざわざ用意してくれたのだろう。だからこそ健太も歓声を上げようとしたのだが、上手くいかなかった。

大和と一緒に卓袱台の前に座ると、志波が二人の小皿に唐揚げをひとつずつよそってくれた。

さすが志波と言うべきか、唐揚げはどれも均一な狐色《きつねいろ》に揚がっている。外の衣《ころも》はカリカリで、中の肉はたっぷりと肉汁を含んだ仕上がりになっていることだろう。志波の作る唐揚げがぱさぱさになったところを健太は見たことがない。普段なら大皿を抱え込んでひとりで大半を食べている。

しかし今は事情が違う。唐揚げは好きだが、皿の上にごろりと転がるその大きさにまず怯《ひる》んだ。志波も子供用にいつもより小さく肉を切っているはずだが、それでも健太の掌に余る大きさだ。体感としてはグレープフルーツと同等の重量感である。

体が縮んでから、目に映る世界は何もかもが巨大になった。志波だって大きく見える。立ち上がった姿はビルを見上げるようだし、しゃがみ込まれるとビルが傾いてくるようで怖かった。

料理だって一緒だ。何もかもが大きい。そして子供の口は大人が思う以上に小さく繊細だ。

健太は狐色の衣を見詰める。いつもならカリカリで美味しそうだと思うそれも、今はその固さと鋭さばかり想像してしまって気が滅入《めい》る。それに加えて肉は硬い。志波がどんなに丁寧に下処理をして、細心の注意を払い火加減を調節しても、子供にとって硬い物は硬い。飲み込めるまで咀嚼を繰り返せば、顎は痛みを訴えるほどに疲労する。

持ち上げたフォークがいつもより重かった。気のせいではなく、食器の類《たぐい》も子供の小さな手には余るのだ。重たくて、大きくて、これに食べ物が乗ると一層《いっそう》持ち重りする。

ネガティブな感情を追い払うべく鼻から大きく息を吸ってみたが、唐揚げの魅惑的な香りも健太の食欲を刺激してくれない。空腹を満たす、という衝動が存在しない状況で唐揚げを食べるのは、最早苦行《くぎょう》に等しかった。

健太はフォークを握りしめ、ちらりと隣に座る大和を見る。

大和はまだフォークすら持っていなかった。その隣には志波が座り、大和に野菜スティックやおにぎりを勧めている。フォークを持ったまま動かない健太には気づいていないようだ。あるいは気づいていても気にしていないのだろう。放っておいてもそのうち食べるとでも思われているに違いない。

健太には目も向けず、野菜につけるのは味噌かマヨネーズか味噌マヨネーズかどれがいい、などと大和に尋ねている志波を見ていたら、耐えに耐えていた感情が決壊《けっかい》した。

志波さん、と妙にひしゃげた声で志波を呼ぶ。それでも志波は気づかない。もう一度志波を呼んだら、志波より先に大和がこちらを向いた。あ、と小さく口を開けた大和の顔が一瞬で濁《にご》る。その向こうにいる志波の顔も見えなくなって、健太は喉を仰《の》け反《ぞ》らせるようにして声を上げた。

「ご飯、食べられません！」

大声で叫ぶと同時に両目から堰《せき》を切ったように涙が溢れた。喉の奥から言葉にもならない声が漏れてくる。それを止めようとすると息まで止まってしまうので、健太は辺り憚らず声を上げて泣いた。

フォークを握りしめたままわんわん泣いていると、すぐに志波が駆けつけて健太の隣に座った。「おい、どうした」と尋ねる声はすっかり狼狽《ろうばい》して、背中を撫でる手もどこか遠慮がちだ。

健太は志波と大和に左右から挟まれた格好で、身も世もなく泣きながら訴える。

「志波さんのご飯、好きだけど……っ、たべっ、食べられません……！　ご、ごめ、ごめんなさあぁい！」

叫んだ勢いのまま号泣する健太を、志波がうろたえたように抱き寄せる。夜泣きをした大和にそうしていたように背中を叩き、泣き過ぎて汗をかく健太の髪を乱暴に撫で回した。

「わかった、わかったから無理するな。なんだ、その体だと食欲湧かないのか？　残してもよかったんだぞ」

「だっ、だって、だって志波さんのご飯を、の、の、残すなんて……！」

「いいから、落ち着け」

おいおい泣く健太の後ろ頭を志波が撫でる。いつもよりずっと大きく感じる掌は、いつにも増して優しく健太に触れた。恐る恐る顔を上げれば弱り顔の志波と目が合って、怒っていないのかと窺えば、大丈夫だと言うように頷かれた。

ほっとして、わずかだが呼吸が深くなった。しゃくり上げながらも大きく息を吸い込むと、今度は頭のてっぺんをぎこちない手つきで撫でられる。

志波の手、にしては小さい。健太を撫でてきたのは反対隣に座っていた大和だ。大和は泣き

腫《は》らした健太の顔を見ると、意を決した表情で健太の前に置かれた皿を手元に引き寄せた。

「僕、お兄ちゃんだから食べてあげる」

大和は揚げたての唐揚げにフォークを突き刺し、ふーふーと息を吹きかけてから思い切りよく齧《かじ》りつく。真剣な表情で咀嚼して、一瞬だけ躊躇《ちゅうちょ》したもののごくりと口の中の物を飲み込んだ。

「大和、偉いな。食べられるのか」

健太の背中を撫でながら志波が大和に声をかける。大和は涙目の健太をちらりと見てから、志波を見上げて得意げに頷いた。

「僕の方がお兄ちゃんだから」

健太はまだしゃくり上げながら志波を見上げる。志波は健太と大和を交互に見比べ、悩まし気《げ》に眉を寄せた。

「……確かに、大和の方が若干《じゃっかん》デカい、か？」

「そうだよ。僕お兄ちゃんだよ」

志波の言葉を引き取って、大和は残りの唐揚げも口に放り込んだ。

半日近く一緒にいてもほとんど健太に興味を示さなかった大和だが、事ここにきて初めて健太が視界に入ったようだ。それも自分より小さな存在としての健太に興味をひかれたようで、しきりと健太の前で年長ぶろうとする。健太の視線をたっぷりと意識している様子で、志波に促《うなが》されるまでもなく自《みずか》ら野菜スティックに手を伸ばした。

「野菜も食べるのか、偉いな」などと志波に声をかけられるとますます得意満面になって、健太の世話まで焼き始める。

「唐揚げ嫌い？　他のだったら食べられる？」

滑《なめ》らかな口調は母親の口真似だろうか。健太が小さく頷くと、皿にスティックキュウリを置いてくれた。それだけでなく、「これもどうぞ」とおにぎりまで取ってくれ、「ふーふーしてね」とスープを差し出してくれたりもした。気分はすっかりお兄ちゃんらしい。

健太は礼を言うものの、やはり料理に手を伸ばせない。困り果てて志波の顔色を窺っていると、その目線に気づいたのか大和が健太に耳打ちしてきた。

「おじちゃん怖くないよ、ご飯残しても怒らないよ」

昼間とは打って変わって面倒見のいい大和の姿に目を瞬かせていると、それまで黙って成り行きを見守っていた志波が急に健太の顔を覗き込んできた。

「もしかしてお前、大和よりもう少し肉体年齢が低めなのか？」

背格好が似ていたのでどちらも三歳として扱っていたが、大和はあと数ヵ月もすれば四歳になる。対する健太はまだ三歳になって間もない体なのではないか。この年頃の数ヵ月の差は大きい。

志波は思案顔でそんなようなことを呟くと、「ちょっと待ってろ」と言い残して台所へ行ってしまった。

しばらくして、志波が湯気の上がるどんぶりを手に戻ってきた。中に入っていたのは卵でとじたにゅう麺《めん》だ。志波はそれを小さな器に取り分けると、「これならどうだ?」と健太に差し出してくる。

器の中のそうめんはくたくたに煮込まれ、短く麺を切ってあった。しゃくり上げながらフォークを持とうとするが、横から志波が手を伸ばしてきて健太のフォークを取り上げる。

志波はフォークに麺を巻きつけ、「ほら」と健太の口元へ運んだ。

呆気《あっけ》にとられる健太の横から、大和が「ふーふーしてね!」と念を押してくる。

外見こそ子供だが、健太はすでに成人している。こんなふうに食事を手伝ってもらっていいのだろうかとうろたえたが、志波も大和も当たり前の顔で健太が口を開けるのを待っている。

差し出された麺をおずおずと口に入れると、舌の上に優しい甘さの出汁が広がった。

「麺に塩気があるから汁にはほとんど味をつけてない。さすがに薄いか?」

心配顔の志波に問われて健太は首を横に振った。醤油の味すら辛《から》いと感じる今の状態にはちょうどいい。舌で押し潰せば崩れてしまうくらい柔らかな麺は口当たりも良かった。

少しずつ麺をすすり始めた健太を横目に、大和は張り切っておにぎりまで食べ始めた。ちらちらと健太を見ては「お兄ちゃんだから」と繰り返す大和に、志波は「偉いな」と声をかけて頭を撫でた。健太も「凄《すご》いね」と口を揃える。

志波に頭を撫でられてくすぐったそうに笑う大和を見てももう胸が塞《ふさ》がらなかったのは、食事の間中志波が甲斐甲斐しく健太の世話を焼いてくれていたおかげかもしれない。

夕食の後片づけが終わる頃、ようやく志波の姉が大和を迎えに来た。

朝と同じく襖の陰からその様子を窺っていた健太は目を丸くする。朝は長い髪を無造作に縛《しば》り、化粧もせず疲れ果てた顔をしていた志波の姉は、美容院に行ってきたのか髪を短く切って綺麗に染め上げていた。服も新調したのか、細身のジーンズに鮮やかな赤いセーターを着ている。足元は真新しいブーツだ。

「悪かったわね、一日大和の面倒見させて」

志波に礼を言う声にも張りがある。きちんとメイクも済ませた志波の姉は、三和土《たたき》に立つ大和の前で身を屈めてにこりと笑った。

「大和もごめんね。明日はまた公園に遊びに行こうね」

大和はいつもと雰囲気の違う母の姿に照れているのかしばらく志波の後ろに隠れていたが、母親に手を差し伸べられると嬉々としてその手を取った。

「大和どうしてた？　一緒に預かってた子とも仲良く遊べた？」

「ああ、案外気が合ったみたいだぞ。兄貴気取りで飯もよく食ってた」

「大和が？　へぇ、よかった。実はね……」

志波の姉の声が低くなった。何か内々《ないない》の話を始めたようなので、健太は足音を忍ばせて茶の間に戻る。卓袱台の前に座って大人しくしていると玄関の戸がガラガラと閉まる音がして、間もなく志波が戻ってきた。

「姉貴たち、帰ったぞ」

短く告げ、志波は健太の隣に腰を下ろす。「お疲れ様です」と健太が声をかけると、「お前こそ」と苦笑が返ってきた。

「今日は大和の面倒見させちまって悪かったな。夕飯は少しくらい食えたか？」

「はい……志波さんこそ、今日はちゃんとご飯食べられたんですか？」

「お前たちの残りを台所で適当に食った」

軽い口調だったが、健太は残りという言葉に過剰に反応してしまう。畳の目に指を這わせながら、すみません、とくぐもった声で謝った。

「夕飯、残してしまって……」

「気にするな。今のお前の体には合わなかっただけだろ。唐揚げの衣が痛いんだったか？　子供の体ってのは難儀《なんぎ》だな」

志波が気にしたふうもなく言ってくれるので、健太もようやく顔を上げることができる。志波は穏やかな顔で健太の言葉を待っていて、強張《こわば》っていた唇がほどけるのを感じた。

「子供にご飯を食べさせるのは、凄く難しいことがわかりました」

志波は卓袱台に肘《ひじ》をつくと、「どんなふうに？」と尋ねてくる。健太が子供の体で感じたことを知りたがっている様子で、目元には楽し気な笑みが浮かんでいる。その表情に背中を押され、健太は今日一日ずっと胸に抱えていた想いを吐き出した。

「食事の楽しさより、大変さの方が先に立つんです。そこを乗り越えてまで食べたいと思えるほどお腹も減らないですし。思った以上に子供の体は燃費がいいです。多分、一日三回も食事しなくていいくらいです」

「そうか、まず腹が減らないのか」

「あと、口一杯に頬張ると逆流しそうになります」

「少しずつ口に入れればいいんじゃないか？」

至極《しごく》まっとうな言葉だが、それが子供にとってどれだけ大変なことか痛感した健太は声高《こわだか》に反論した。

「子供の手でスプーンとフォークを扱うの、見た目以上に難しいです！　大人ならフライドポテトくらい片手で切れますけど、子供がやったら勢い余って皿からポテトが飛びますよ！　マグロの解体しながら刺身食ってるようなもんです！」

それは大変だ、と志波が笑う。笑い事ではないと睨みつけようとしたら、人差し指で頬を撫でられた。

「そんな大変な思いして食ってくれたのか。ありがとな」

膨らませるつもりだった頰がしぼむ。するすると頰を撫でられる感触が心地よく、健太の口調から険《けん》が抜けた。

「お腹も減らないし、食べるのは大変だし……『でも食べなくちゃ』って本人が思う瞬間を待つしかないんだと思います。食わず嫌いだとか我儘だとか、そんな言葉で切って捨てるのは酷《こく》です。だから、志波さんのお姉さんも大和君をあまり責めないでほしいんですが……」

食べろ食べろと追い立てられるのはさすがにかわいそうだと思っていたら、志波に「大丈夫だ」と太鼓判《たいこばん》を押された。

「そういうことなら大和は問題ないだろ。あいつは兄貴ぶるのが好きみたいだからな。近いうちに本物の兄ちゃんになるらしいし」

健太はぽかんとした顔で志波を見上げ、一拍置いてからその意味を理解する。

「そ、そうなんですか？」

「ああ、さっき姉貴から聞いた。最近体調が思わしくないから、美容院やらデパートに行くついでに病院に行ったらしい。三ヵ月目だそうだ」

「わあ、おめでとうございます！」

志波は「またうるさいのが増える」と苦笑したものの、どことなく嬉しそうなのが透けて見える。健太も一緒になって笑っていたら、隙をつくように志波に抱き上げられた。あっと思う間もなく膝に乗せられ、向かい合う格好で座らされる。

「さて、予想外のお客さんも帰ったことだし次はお前の番だ。いい加減血を飲む気になったか？」

志波がセーターの襟元を軽く引っ張る。ちらりと見えた首筋からとっさに目を逸らすと、「まだ駄目か」と苦笑されてしまった。

なかなか目を合わせようとしない健太の髪を指で梳《す》き、志波は根気強く尋ねる。

「子供が食事をしたがらないのにはそれなりの理由があることはよくわかった。で、お前は？どうして俺の血を吸わないんだ？」

なおも唇を引き結ぶ健太の髪を耳にかけてやり、志波はことさらゆっくりした口調で言う。

「朝、味がどうとか言ってたな。でも俺のせいじゃないとも言ってたか。何かあったか？ただの我儘じゃないんだろう？」

健太は志波に視線を戻す。昼間は「大和みたいな我儘言うな」と言ったくせに。恨みがましい目を向けると、志波はわかっていると言いたげに何度か頷いた。

「悪かった。俺も焦ってお前から無理やり事情を聞き出そうとしてたんだ。お前の都合も考えず、子供扱いしてすまなかった」

「志波さんが、焦ってたんですか？」

ぴんと来ない顔をする健太を見て、当たり前だろう、と志波は眉を上げる。

「目の前で大人が子供になっちまったんだぞ。驚くし焦るに決まってるだろうが。元に戻るかどうかも定かじゃないんだから不安にもなる」

そういえば、健太の体が縮む瞬間を見た志波は珍しく声を荒らげて健太に詰め寄って来た。あれは志波の焦りや不安の表れだったのか。

志波は健太の肩に両手を置くと、視線すら逃がさぬように顔を寄せてくる。

「このまま血を吸わずにいたらお前の体はどうなる？　これ以上縮んだりしたらどうするんだ？　言葉も喋れない赤子に戻っちまえば意思の疎通《そつう》もできなくなるぞ」

まさか、と思ったが否定はできない。このまま光露を断ち続ければどこまで体が縮むのか、正確に知る人物は今のところいないのだ。

「万が一元に戻れなくなったらどうする。なあ、頼むから飲んでくれ」

志波の声に懇願が交じった。健太の目を見詰めたまま、頼む、と繰り返されては断り切れず、健太は力なく視線を落とした。

もう隠しきるのも限界だ。志波に化け物呼ばわりされるのも覚悟して、健太は重たい口を開く。

「俺たちが飲むのは本物の血液じゃなくて、光露っていうものなんです。その正体がなんなのかはよくわからないんですけど、光露って甘いんです。でも……」

言い淀《よど》んで俯くと、肩に置かれていた志波の手に力がこもった。大丈夫だから言ってくれと言外《げんがい》に促され、健太はひた隠しにしていた事実をようよう口にした。

「……最近、光露から血の味がするんです」

肩を摑んでいた志波の指先が微かに動く。だがその手が離れることはなく、息を震わせる健太を宥めるように指先で肩を叩かれた。

「じゃあ、光露の正体はやっぱり血ってことか？」

「わかりません……でも、血の味がするような、気がして」

「気がするだけなのか？　じゃあ別に血じゃないんじゃないか？」

けろりとした顔で呑気《のんき》なことを言われ、健太はむきになって言い返す。

「でも志波さん、俺が光露を吸うようになってから具合が悪くなったじゃないですか！」

「俺が？　いつ」

心底身に覚えのない顔をされ、健太は一息でまくし立てた。

年が明けた直後、志波の様子がおかしくなった。それまでは健太のために朝食を作ってくれていたのに健太より遅く起きるようになって、その上ひどくだるそうにしている。

朝日の中で眠る志波は、血の気の失せた青白い顔をしていた。首筋には自分がつけた無数の痕がついていて、自分は志波の命を吸っているのだと唐突に実感したのだ。

光露は血液のように目に見えて体から流出するものではないし、肌に傷が残るわけでもないので遠慮なく吸っていたが、実は血に匹敵するくらい人体に必要なものなのかもしれない。

そう思い始めたら、光露から本当に血の味がするようになった。

甘い光露にうっすらと潜む血の味は、単なる自分の思い込みだった可能性もある。けれど光露の正体がわからない以上、これまでのように無闇やたらと吸うわけにはいかないと思った。

喋っているうちに視界が潤んできて、健太は息を弾ませながら言う。

「あの頃の志波さん、本当に朝は真っ青な顔で、起き上がるのも辛そうで……そのうち本当に志波さんが目を覚まさなかったらと思うと、怖くて——」

とうとう目の縁から涙がこぼれ落ち、健太は喉の奥で泣き声を押し潰した。

涙で潤む視界の中、志波が驚いた顔で健太を見ている。首にキスマークをつけられているだけかと思いきや、健康被害が出ていたかもしれないと知れば驚くのも当然だ。

それでも志波は片手を伸ばし、健太の濡れた頰を拭ってくれる。健太はその手に頰を押しつけ、ぐすぐすと泣きながら続けた。

「志波さんがいなくなったら、俺……そんなことになるくらいなら、一生子供のままでいい」

空気越しに志波が息を吞むのがわかった。よほど驚いたのかすぐには声も出なかった様子で、ややあってからようやく口を開く。

「就職先も無事決まったってのに、人生棒に振っちまうぞ」

「構いません」

「子供の体じゃ飯も美味くないんだろう?」

「構いません！」

勢い込んで健太が応《こた》えると、前触れもなく志波の胸に抱き寄せられた。太い腕が全身を圧迫してぎょっとしたら、すぐに志波が喉の奥で唸《うな》って腕を緩めてきた。

「もうお前本当……早く元に戻れ、この体じゃ満足に抱きしめることも出来ない」

でも、と涙声で反駁《はんばく》すると、志波が深々とした溜息と共に健太の体を離した。まだ涙目の健太を見下ろし、苦虫《にがむし》を嚙み潰したような顔になる。

「お前にそこまで悩んでもらって今更打ち明けるのも気が引けるが……そりゃ単なる低血圧だ」

不安な顔で身構えていた健太は、志波の言葉を聞くや狭《せば》めていた眉を開いた。予想と違う言葉をすぐには理解できず、ぽかんとした顔で志波を見詰める。

健太の頰に残る涙をぬぐい、志波は険《けわ》しい顔つきのまま語り始めた。

「俺はな、朝に滅法《めっぽう》弱いんだ。学生時代なんてまともに起きられた例《ためし》がない。体が鉛《なまり》みたいに重くて布団から出られないし、起き上がっても動けない。無理に立つと吐きそうになる。朝飯なんて作るどころか食うこともなかったぞ。社会人になってからも出社ぎりぎりまで寝てた」

俄《にわ》かには信じられない言葉の数々に目を見開き、健太は志波の胸に飛び込むように身を乗り出した。

「志波さんいつも、俺より早く起きて朝ごはん作ってくれてたのに⁉」

志波は口ごもったものの、すでにごまかす気はないのか諦め顔で頷く。

「お前があんまり美味そうに食べるからつい、無理してでも作ってやりたくなった」

「無理してたんですか！」

「最初はな。無理やり起きて吐きそうになったこともあったし、起きられないこともあった」

健太が目撃したのはたまたま寝過ごしたときのことだろうと志波は言う。

自分のために志波が苦手な早起きをしていたことを知り、健太はまた涙目になって拳を固めた。

「言ってくれたらよかったじゃないですか……！　そうしたら俺、志波さんにそんな無理させなかったのに！」

「言えるか。惚れた相手の前でくらい格好つけさせろ」

さらりと口説《くど》き文句を投下《とうか》され、続く言葉はどこかにすっ飛んでしまった。

わかりやすく顔を赤くした健太を見て志波は目元を緩める。

「それにもう大分慣れた。いい機会だから体質改善のために漢方も飲み始めたしな。今じゃ目覚ましかけときゃ普通に起きられる。吐き気もない」

「そんな、すぐ治るものなんですか……？」

照れを隠して尋ねると、志波は笑いながら健太の髪に指を絡めた。

「寝起きが悪いのは学生時代から筋金《すじがね》入りだ。正直一生つき合っていく悪癖《あくへき》だろうと覚悟してたんだが……案外どうにかなるもんだな。姉貴も実家にいた頃は俺以上に寝汚《いぎたな》かったが、大和が生まれたら真夜中だろうと明け方だろうとすんなり起きられるようになったらしい」

子供特有の柔らかな髪に指先を滑らせ、志波は愛し気に目を細めた。

「こいつのためにどうしても、と思えば起きられるんだろうな」

吐息を含んだ声で囁かれ、健太はとっさに視線を下げた。ただでさえ感情がオーバーフローしがちだというのに、そんなことを言われたら嬉しくて、でも気恥ずかしくて、手足をばたつかせずにいられない。甘やかすような顔を直視してしまったら最後、歓声を上げて走り回ってしまうのは想像に難《かた》くなかった。

志波は無理に健太を上向かせようとはせず、健太の髪から耳元へと指を移動させる。

「お前に血……じゃなくて光露か？　それを吸われても体調に変化はないぞ」

言いながら、指先で健太の耳朶《じだ》を挟んでやわやわと撫でる。

くすぐったさに肩を竦めながらも、健太は安堵の溜息をついた。

「よかった……俺、てっきり光露を吸い過ぎたせいで志波さんの具合が悪くなったんだとばっかり……」

「安心しろ。それより最近はお前からキスがもらえなくて淋しいくらいだ」

耳の裏を指でなぞられ、健太はぞくりと背筋を震わせる。見上げた志波は目元に笑みを浮かべているが、どうやら半分本気で言っているらしい。

視線を合わせていると、じわじわと目元が赤くなっていくのがわかった。

光露を吸ってしまえば、どうしたってそれだけでは終わらない。相手の首筋に唇を押し当て、互いの胸が触れるほど体を密着させるのだ。健太にとって光露を飲むことは、セックスをすることとほとんどイコールだ。

健太はぎこちなく視線を下げ、志波の首筋で目を留めた。

「吸っても、いいんですか……今」

「もちろん。と言いたいところだが、先に服を脱げ」

志波の言葉に健太はぎょっとして顔を上げる。吸血イコールセックスなのは間違いないが、それにしたって先に服を脱げと言われるとは思わなかった。今の健太は幼児の姿だ。

服の上から胸を押さえ、健太は口元を引きつらせる。

「志波さん……この状態の俺の体にも、興味が……？」

「どうかな。新しい扉が開いちまうかもな？」

薄く笑みを浮かべる志波の言葉は本気か冗談かわからない。笑い返せず黙り込めば思った以上に深刻な表情になってしまったようで、志波が耐え切れなくなったように噴き出した。

「冗談だ。大和の服を着た状態で元に戻ったら、服が破れるんじゃないかと思っただけだ。ズタズタに裂けた子供服を姉貴に返すのも気が引ける。理由を尋ねられたら、多分何も答えられない」

「そ、そうかもしれませんね」

なんだ、とこっそり胸を撫で下ろしていると、志波の膝から下ろされた。先に立ち上がった志波が健太に手を差し伸べてくる。

「じゃ、脱ぎに行くか」

「……ここじゃまずいですか？」

脱衣所にでも行くのかと思っていたら、志波ににっこりと笑いかけられた。

「まずいだろ。ベッドのある部屋に行くぞ」

どうやら志波の中でも、吸血はセックスと直結した行為であるらしい。


二階にある志波の部屋に入ると、電気を消したまま服を脱いだ。

志波はベッドの端に腰かけ、よちよちと服を脱ぐ健太を微笑ましく見守っている。健太の体が子供に戻っているのだからそういう顔をされるのは当然だが、見られている方は落ち着かない。中身は成人男性のままだ。

「毛布、取ってもらっていいですか？」

ベッドの端に丸められていた毛布を志波が手渡してくれて、それを体に巻きつけてからベッドに上がる。普段なら片足で上がれるベッドも、この体では胸の高さの塀《へい》に上るようなものだ。途中で志波に手伝ってもらい、向かい合う形で志波の膝に乗せられた。

常夜灯《じょうやとう》だけが灯《とも》る薄暗い部屋の中、志波がセーターの襟ぐりを引き下げる。どうぞ、と無防備に首筋を晒《さら》されて喉が鳴った。

「志波さん、本当に……具合悪くなったら言ってくださいね……？」

再三念押しすると、志波は苦笑しながらもしっかりと頷いてくれた。

健太は最後まで躊躇していたが、志波の首筋から漂ってくる甘い肌の匂いには抗いきれず、久方ぶりに志波の首筋に唇を押し当てた。

軽く吸うと舌先に仄かな甘みを感じ、強く吸うと目に見えない液体がざばりと口の中に流れ込む。

一ヵ月ぶりに口にした光露は甘かった。血の味などしない。確かめるようにもう一度きつく吸いつくと、舌の上にどっと甘い液体が広がる。

生の果汁を丸ごと絞《しぼ》ったようなそれは濃厚で、飲み下すと喉が熱くなった。舌が痺《しび》れて志波の首筋に押しつけると、舐め上げるような格好になってしまい身じろぎされたが、遠慮も忘れて太い首を抱き寄せる。

健太は夢中で志波の首筋を吸う。忘れていた喉の渇きを無理やり思い出させられたようで止まらない。口の中に溢れる液体を一口、また一口と飲み下すうちに体の関節が緩んでくるようだ。からからに乾いて軽くなっていた体が水を含んでどっしりと重くなる。腹の底、腰の奥、体の内側が疼《うず》く予感に身をよじれば、志波に力一杯抱きしめられた。

「あ……、ん……？」

いつのまにか、背中に押し当てられる丸太のような感触がなくなっていた。感じるのは覚えのある逞《たくま》しい腕の感触だ。志波の首筋から未練がましく唇を離してその顔を見上げると、口元に薄く笑みを刷《は》いた志波と目が合った。

いつもと同じ縮尺《しゅくしゃく》だ、と思い、健太は志波の首に回した自分の手を見る。

「戻ってる」

志波の頬に添えた自分の手は、見慣れた成人男性のものだった。手の甲に小さな穴の開いた子供のそれではない。こんなにすぐに戻るのかと驚いていると、志波が健太の首筋に顔を埋めてきた。

「電気つけとけばよかったな。いつの間にデカくなったのかわからなかった」

「お、俺も、自覚なかったです……」

首筋にキスをされ健太の声が跳ねる。身じろぎしようとすると腰を抱き寄せられ、苦しいくらい強く抱きしめられた。志波は確かめるように健太の腰や背中に手を這わせ、うん、と頷く。

「やっぱりこのくらいのサイズがいいな。小さいのも小脇に抱えられて悪くなかったが、抱きしめたとき腕が余る」

喋っている間も志波は健太の首筋に唇を寄せたままなので、肌に吐息が触れてくすぐったい。

「し、志波さん……」

健太が肩を竦めると、逃がさないとばかり耳朶に嚙みつかれて小さな声が出た。

「ん？　ああ、そうだった。お前の食事が先だな」

志波は健太の耳にキスをすると、毛布にくるまれた健太をそっとベッドに下ろす。体を重ねるのは久しぶりで緊張している健太とは対照的に、志波は手早く服を脱いでベッドに上がってくる。機嫌のよさそうな笑みを浮かべる志波の頬に健太は指を滑らせた。

「志波さん、なんか……嬉しそうですね？」

「わかるか」

志波は目を細め、健太の手に自分の手を重ねて頬ずりした。

「お前が食い気よりも俺の健康を優先してくれたのが嬉しくてな」

掌にキスをされ、健太は顔を赤くして指先を握り込む。

「そんなの当たり前じゃないですか……！」

「どうかな。店に通ってた頃は俺の顔なんて見向きもしないで飯ばかり見てた」

「それは……っ、事情が事情だったので……」

しどろもどろになる健太を面白そうに見下ろし、志波はゆっくりと身を倒す。

「とりあえず飲め。途中で縮まれちゃ困る」

目の前に志波の首筋が迫り、まだ言いたいことはあったはずなのに首にキスをしていた。

「ん……」

口内《こうない》に広がるのは果実とも花ともつかない濃密な香りだ。吸いつけば甘い液体が溢れてくる。喉を鳴らして飲み下せば見る間に体が熱を帯びた。頭の芯にぼうっと霞《かすみ》がかかったようになり、吐き出す息が熱くなる。

志波の首筋に吸いついていると、毛布の上から志波に体を撫で回された。毛足の長い毛布が素肌に触れて気持ちがいい。うっとりしていたら、毛布の中に志波が手を滑り込ませてきた。

「ん……っ、あ……っ」

二の腕を撫で上げられて声が出る。柔らかな毛布の上から撫でられるのも気持ちがよかったが、熱い掌の感触はそれ以上だ。掌から志波の体温が肌に染み込んできて、健太は切れ切れの溜息をついた。

「もういらないのか？」

二の腕から肩へと掌を滑らせながら、志波がからかうような口調で言う。

健太はとろんとした目で志波の首に唇を寄せるが、志波の手が胸の突起に触れるとすぐに口を離してしまった。

「ん、や……」

弱々しい抵抗など聞き流し、志波は胸の尖《とが》りに指を這わせる。指先でくるくると同じ場所を撫でられると、ぷくりとそこが勃ち上がった。

「く、くすぐったい、です……」

半分照れ隠しで健太は呟く。でも半分は本当だ。こそばゆさに身をよじると、志波が健太の耳元に唇を寄せた。

「だったらまだ血が足りてないんだろ。もう少し飲んでおけ」

言葉の意味を捉えかね、志波の方に顔を向けようとしたが出来なかった。耳殻《じかく》を舌で辿《たど》られ、些細な疑問は霧散してしまう。

「あ……ぁっ」

指先で胸の尖りを撫でられ、耳に舌を這わされて健太は震える。目の前には志波の首筋があり、耳元で「飲め」と再三促されて、健太はふらふらと志波の首に吸いついた。

「ん、ん――……」

弱い力で吸いつけば、口の中にとろとろと甘ったるい液体が流れ込んできた。勢いよく吸ったときより粘度《ねんど》が高い気がする。蜜のようだ。口の中がぽってりと温かくなる。

とろりとした液体を飲み込めば喉の奥まで熱くなった。それはゆっくり体の奥へ落ちていき、腹の底に溜まって健太の全身に染み渡っていく。皮膚の下がぐずぐずと熱くて息を吐くと、胸の突起を優しく押されて息が止まった。

「あ……っん」

無意識に背中を反らし、自ら胸を突き出すような格好になってしまう。志波が顔を上げ、心得たとばかり唇を弓形にした。止める隙もなく健太の胸に顔を埋める。

「ひぁ……っ」

勃ち上がっていた場所を口に含まれ、健太は掠れた声を上げた。

指で触られたときはくすぐったかったはずなのに、舌でざらりと舐められると快感で腰が震えた。繰り返し同じ場所を舐められ、柔く吸われて腰が跳ねる。

志波はひくひくと落ち着かない健太の腰を撫で、胸元に唇を寄せたまま笑う。

「自分で気がついてなかったか？　俺の血を飲み始めてしばらくすると、どこを触られても気持ちよさそうな顔になるんだぞ」

「そ、そんなの……」

「自覚なしか？　最初は酔っ払ってるのかと思ってたんだが、最近じゃ酒というより媚薬《びやく》でも飲まされたみたいだ。俺の血にはどんだけ悪いものが入ってるんだ？」

笑いながら胸の尖りに歯を当てられて健太は喉を震わせる。

先端がじんじんと痺れるようだ。舌全体を使って舐められると腰の奥が熱くなる。胸への刺激は下腹部へと響くようで、毛布の下で健太は腿を擦り合わせた。すでに体の中心は形を変え、先端から先走りが伝い落ちている。

健太の足の動きに気づいたのか、志波が足の方から毛布に手を入れた。健太の膝に手を置いて、ゆっくりと内腿《うちもも》を撫で上げる。

期待で息を浅くしていると、胸の尖りをきゅぅっと吸い上げられた。

「あっ、あぁ……っ！」

すっかり意識が下半身に向いていていたせいで、予期せぬ刺激に震え上がる。内股《うちまた》を撫でられながら胸の尖りを甘噛みされ、健太は爪先でシーツを蹴った。

胸への刺激でも快感を拾い始めていた健太だが、やはり直接的な刺激には及ばない。じれったくなって涙声で志波を呼ぶと、太腿を撫でる志波の手を掴んだ。

「志波さん……志波さん、もう……」

震える指で志波の手首を掴み、毛布の奥の暗がりへと誘い込む。

志波は顔を上げると、涙目で自分を見上げる健太を見て獣のように荒い息を吐いた。

「血を飲むと積極的になってくれるからいいな。いくらでも飲んでいいぞ」

言うが早いか健太に掴まれていない方の手で毛布を跳ね上げ、健太の足を割り開く。健太の雄《おす》と自分のそれをまとめて掴むと、有無《うむ》を言わさず上下に扱いてきた。

「あっ！　あっ、あぁ……っ！」

突然襲い掛かってきた快感に声を殺せず、健太は目の前にあった志波の鎖骨に口を押しつける。志波は容赦《ようしゃ》なく健太を追い上げながら、ふっと息を漏らすように笑った。

「そんなところからでも血が吸えるのか？」

「ち……っ、違……っ」

「甘いか」

志波が健太の鼻先に顔を寄せてきて、低く掠れた声で尋ねる。

ぎしぎしと揺れるベッドの上で、健太は切れ切れの声を上げながら頷いた。半分も志波の質問の内容は理解できていなかったが、口の中にはまだ仄かな甘みが残っている。

志波は健太を煽《あお》る手は止めないまま、そうか、と目を細めた。その目が近づいてきたと思ったら、無遠慮に唇を塞がれる。

「んぅ……っ」

無防備に開いていた唇に舌を捻《ね》じ込《こ》まれ、性急に搦《から》めとられた。深く押し入ってきた舌を軽く吸えば、口の中に仄かな甘さが広がる。夢中で舌を絡めていたら、敏感な上顎を刺激されてくぐもった声が出た。その間も志波の手は動き続け、健太は瞼を痙攣させる。

「ん、んん……っ」

志波の固い指の感触と、押しつけられた雄の熱さに眩暈《めまい》がした。互いの先走りで志波の手はすっかり濡れて、ぬるついた感触に肌がざわつく。追い打ちをかけるように志波が健太の舌を吸い上げてきて、健太は志波に唇を塞がれたまま体をしならせた。

「ん――……っ!」

喉の奥で高い声を押し潰し、内股を震わせながら吐精《とせい》する。

健太が脱力したことに気がついたのか、健太をキスから解放すると、志波は赤く濡れた唇で笑った。

「味見してもよくわからないな。本当に甘いのか？」

達したばかりでぐったりした健太は、力なく頷く。

「血の味は？」

これには首を横に振る。光露から血の味がすると思ったのは、自分が志波の命まで吸い上げているのではないかという不安からくる錯覚だったらしい。

「じゃあもう遠慮するな」

志波は再び深く身を倒し、健太の頬に唇を押し当てる。

「これからは何かあったら、ちゃんと相談してくれ」

頬骨の上から目尻に唇を滑らせ、志波は密《ひそ》やかな溜息をついた。

「随分人の心配をしてくれたらしいが、お前こそ久し振りに会ったら顔色が悪くて驚いたんだぞ」

「……そう、でしたか？」

「卒論を仕上げるために徹夜でもしてたのかと思ったが、血を吸わなかったせいもあるんじゃないか？」

瞼にもキスをした志波は、互いの額を合わせて健太の顔を覗き込む。

「お前の体が普通の人間と違うのなら、なおさらきちんと言ってくれ」

まっすぐに見詰められてしまえばもう、目を逸らすことなど出来なかった。言葉にされるまでもなく、心配だ、と思ってくれているのがわかって、健太は掠れた声で「はい」と応じた。

志波は緩やかに目を細めると、起き上がってサイドテーブルへ手を伸ばした。取り上げたのはチューブタイプのローションだ。

　腰の下に枕を入れられ、大きく足を開かされる。羞恥心《しゅうちしん》を掻き立てられ、健太は目元に手の甲を押しつけた。慣らすためには仕方ないとはいえ、この瞬間は毎度どこを見ていればいいかわからない。

　健太の足の間に体を入れた志波がローションの蓋《ふた》を開ける。濡れた指がすぼまりに触れ、健太はごくりと喉を鳴らした。

「志波さん、あの……」

　片手を目の上に乗せたまま志波を呼ぶ。なんだ？　と穏やかな声で返事があったが、入り口をほぐすように触れてくる指は止まらない。

　声が震えてしまわぬよう息を整えてから健太は口を開いた。

「志波さんが言う通り、俺の体……普通の人間とは違います」

「だろうな」

　志波の声に笑いが滲んだ。笑い事だろうか。声を上げようとしたらゆっくりと指が沈み込んできて、一度言葉を切ってから尋ねた。

「俺の体、自分でもどうなってるかよくわからないんですけど、いいんですか」

　狭い場所を指で押し開かれ、さすがに声が震えた。けれど痛みはほとんどない。初めて志波と体を重ねたときからそうだった。光露を飲んだ後は痛覚《つうかく》が鈍くなり、反面快感には敏感になる。

ゆっくりと指を抜き差しされ、健太は上擦《うわず》りそうになる声を嚙み殺す。

「高祖父の残した資料に載っていたこと以外にも、もっとハチャメチャなことが起こるかもしれませんけど……」

それでも本当にいいのかと確認しようとしたら、志波が声を立てて笑った。

さすがに驚いて目の上に乗せていた手を外す。健太が喋っている間に身を乗り出してきたのか、志波の顔は思ったよりずっと近くにあった。

困惑する健太の顔を覗き込んで、志波は心底おかしそうに笑う。

「いやもう、十分ハチャメチャだから気にするな。正直、お前が死んだ後また生き返ったとしても驚かないぞ」

さすがにそれはない、と反論しようとしたら、ふいに奥を突かれて言葉が崩れた。

「あ、あ……っ」

指の動きに合わせて声が出る。片手で顔を隠したいところだが、志波が顔中にキスをしてくるので叶わない。

健太の唇に触れるだけのキスをして、志波は中を探る指を二本に増やした。ローションで潤《うるお》った内側を二本の指がゆったりと行き来して、健太の唇からとろとろと嬌声《きょうせい》が漏れる。いっそ声も出ないくらい深くキスしてくれればいいのに、わざと声を出させようとしているのか、志波は唇を擦り合わせるようなキスしかしない。

指のつけ根まで深々と埋め込まれ、健太は内股で強く志波の腰を挟み込む。そうしていないと腰が揺れてしまいそうだ。節くれだった指の固い感触を悦んで、内側がきゅうきゅうと志波の指を締めつける。

「あ、あっ、あぁ――……っ」

深く押し込まれ、糸を引くような声が漏れた。最早顔を隠す気力もない。どんなに繕《つくろ》ってみたところで、声が、顔が、体が余すところなく志波に真実を伝えてしまう。

気持ちいい、貴方《あなた》が大好きだと全身が訴える。

潤んだ目を志波に向け、唇の動きだけで志波を呼んだ。

志波は溜息のように微かに笑い、健太の唇をちらりと舐める。

健太はシーツに投げ出していた腕を伸ばすと、志波の首を引き寄せて深く唇を合わせた。掠めるようなキスから一転、口の中を食い散らかすように貪《むさぼ》られ、満足して目を閉じる。

キスの合間にもう一本指が増えた。体は従順に受け入れる。溶け落ちてしまうほど熱いそこはもう指では満足できず、健太は誘うように志波の腰に内股を擦りつけた。

志波の背中が強張《こわば》って、互いの唇が離れた。さすがに志波の息も荒い。

冗談を言うときですら真顔を崩さない志波が、こんなにも余裕のない顔をしている。自然と笑みがこぼれた。好きだと言葉にしなくても、目の奥を覗けば全部ばれてしまうに違いない。

志波は眩《まぶ》しいものを見たときのように目を眇《すが》めると、眉尻を下げた弱り顔で笑った。

「……万が一お前に先立たれたら、墓を暴《あば》いちまいそうだな」

健太はぼんやりとした目で志波を見上げ、唇の端に苦笑を滲ませる。

「さすがに、生き返りませんよ……」

「わかってる。それでも」

囁いて、志波は健太の目の下にキスをする。

わかっていても暴くつもりか。未練が断ち切れなくて？　尋ねたかったが言葉が出ない。これまでに志波がたくさんの家族を見送ってきたことを思えば軽率《けいそつ》に訊くことなど出来ない。そんなに俺のこと好きなんですかと、これは恥ずかしくて訊けなかった。

（俺なんかでいいのかな）

乱れた息の下で健太は思う。こんな化け物じみた自分でいいのだろうか。ご先祖様に吸血鬼がいる、などと真顔で言っている時点で尋常でない。ただの思い込みならいいが、本当に吸血鬼のように首に吸いついてくる。その上、縮む。

人知を超える出来事が目の前で起きたというのに、志波の反応はあっさりしたものだった。健太の体が元に戻らないのではと心配することはしたが、健太が一層人間離れしていくことに対する懸念《けねん》は特になさそうだ。

高祖父の妻も、もしかするとこんな人だったのかもしれない。

高祖父がベタ惚れだった理由がわかる。先祖返りした人間は、きっと誰より自分の存在に不安を覚える。自分が何者なのかわからない。

そんな異質な存在を、あっけらかんと受け入れてくれる懐《ふところ》の深さに救われる。

(俺もう本当に……この人じゃないと駄目なんじゃないか)

ふいにそんな実感がわいた。

志波が互いの鼻先を擦り合わせてきて、胸の奥から甘い感情が押し寄せた。貴方も俺じゃないと駄目なんじゃないですかと、尋ねようとしたが失敗した。志波に足を抱え上げられ、すぼまりに熱い切っ先を押しつけられる。

深く息を吐いてこちらを見下ろしてくる志波を見たら、直前まで頭に渦巻《うずま》いていた言葉などどこかに消え去った。期待で心拍数が跳ね上がる。浅い呼吸の合間に名を呼べば、志波がゆっくりと腰を進めてきた。

「は……っ、あっ、あぁ……っ」

物欲しげにひくついていた場所に熱い屹立《きつりつ》が埋め込まれる。柔らかく蕩けた場所を掻《か》き分けられて声も出ない。奥へと誘い込むように内側が蠕動《ぜんどう》する。

雁首《かりくび》を収めると志波は一度動きを止め、息を整えてから一息に最奥《さいおう》まで突き上げてきた。

「あっ、あぁ……っ!」

衝撃で目の前が白くなる。痛みはないが息が乱れた。引き攣れたような呼吸を繰り返していると、志波が身を倒して胸の突起を口に含んできた。

「あ、ひゃ、やだ、やぁ……っ」

深々と奥まで貫かれた状態で、過敏になった胸を舐め回される。相変わらず胸への刺激は下半身に直結しているようで、優しく噛まれたり吸い上げられたりすると志波を締めつけてしまい、奥で感じる硬さに震え上がった。

「あ、あぁあ……っ」

尖らせた舌先で先端を刺激され、志波の頭を抱き寄せて身をよじる。自分の意思とは関係なく内側が収縮して、強く締めつけると腰の奥からひたひたと快感が押し寄せた。

もっと強い刺激が欲しくなって腰が揺れる。爪先を突っ張らせて締め上げれば、志波が小さく息を詰めた。

はっ、と短く息を吐き、志波がようやく顔を上げる。

「熱烈なお誘いだな」

低い声に背中の産毛《うぶげ》が逆立った。足を抱え直され、衝撃に備えて息を整えようとしたが遅い。引き抜かれたと思ったら勢いよく突き上げられ、健太は喉を仰け反らせる。

「あっ、あぁっ！」

びくびくと跳ねる腰を押さえつけられ、一層深く穿《うが》たれた。下生《したば》えが触れるほど深く呑み込まされ、中の感触を味わうように腰を回される。

蕩けた内側をこね回され、健太は涙交じりの嬌声を上げた。強烈な快感に押し流されそうになって必死で志波の背中に縋《すが》りつく。

目の前には汗ばんだ志波の首筋があった。健太の視線に気づいたのか、志波が乱れた息の下から「飲むか?」と尋ねてくる。

志波に揺さぶられながら、健太は茫洋《ぼうよう》とした目で首を横に振った。

光露は甘い。渇きを癒《いや》す。酒のように全身を痺れさせ、きっと感度を高めるような効果もあるのだろう。

でも今はいらないと思った。忙しない呼吸を繰り返し、ひりつくほどに喉は渇いているが、それでもいらない。それどころではない。

口を動かしてみたが声が出なかった。

志波は健太を突き上げる動きを緩め、どうした、とその口元に耳を寄せる。

「——志波さんがいい」

囁くような声で告げると、志波が勢いよく首を巡らせ健太の顔を覗き込んできた。近づいたその唇にキスをすれば、志波の目に獰猛《どうもう》な笑みが浮かぶ。

「さすがに煽り過ぎじゃないか?」

まだこんな顔を隠していたのかと目を奪われた。心臓を鷲掴《わしづか》みにされたようで息が詰まる。詰めた息を吐く暇もなく、志波が遠慮をかなぐり捨てて突き上げてきた。

「あっ！　あぁ、あ……っ！」

うるさいぐらいにベッドが軋《きし》む。逃げようとしても志波の手ががっちりと腰を押さえているため叶わない。

あまりに深い挿入に怯え、健太の目に涙が滲《にじ》んだ。

「ま……待って、無理……！」

志波が深く身を倒して、固い屹立が最奥まで届く。声もなく体を仰け反らせた健太を見下ろし、志波はうっすらと目を細めた。

「どの口が言う」

体の縮んでしまった健太にはあんなに優しい笑みを向けてくれたのに、別人のように意地悪な顔をして志波が言う。

ひどい、と呟いてみたが口先だけだ。志波の目の奥に欲情の火がちらついているのを見てしまったら抗えない。言葉とは裏腹に志波の首に腕を回して抱き寄せる。

健太の体を揺さぶりながら、志波は機嫌よさげに健太の唇を舐めた。

「痛くはないな？」

「ん……」

「苦しいか？」

健太の体を気遣うようなことを言っているが、恐らくこれは志波の最後通告だ。

嘘でもいいからここで頷いておかないと、きっと好き勝手される。健太もそれはわかっている。わかっているのに、不規則に揺さぶられながら唇を甘嚙みされると嘘がつけない。

「……きもちい」

蕩けた目で本当のことを言ったら、咎《とが》めるように強く唇を嚙まれた。

「一ヵ月もお預け食らわされたと思ったら、お前は……」

囁いて、志波が健太の唇をふさいでくる。無自覚に口を開けば熱い舌が忍び込んできて、舌先を捉われた直後体ごと突き上げられた。

「……っ！　んんっ！」

後はもう待ったなしで腰を打ちつけられた。制止の言葉は志波の唇に吞み込まれて声にならない。口内深く舌を差し込まれ、段々口の中が甘くなる。唇の端から溢れそうになった唾液を飲み込めば体はますます快楽に従順になって、キスが終わる頃には「もっと」と自らねだっていた。

その晩は狭いベッドの上で体をひっくり返されたり片足だけ肩に担《かつ》がれたり、最後は自分がどんな格好になっているのかわけがわからなくなるまで容赦《ようしゃ》なく志波に抱かれた。

獣に貪り食われているようだ。その荒々しさに煽られて一層乱れた。望めば望んだだけ与えられ、深い充足感に満たされる。

意識を手放す直前までもっともっととねだり続け、最後の記憶は志波の腕の中で途切れる。

意識を失う直前、汗みずくになった志波が「骨までしゃぶりつくされそうだな」と笑ったのは夢だったのか現実だったのか。

苦笑交じりのその声が存外幸せそうに聞こえたのは、夢の続きが見せた願望だったのかもしれない。

さらりと髪を撫でられる感触で目が覚めた。

ゆるゆると目を開けるとぼやけた視界に朝日が差し込んでくる。眩しさに瞬きをしていたらまたしても髪を撫でられた。今度こそしっかり目を開ければ、目の前に肘枕をつく志波の姿があった。

カーテンを透かして入ってくる日射しの中で、「おはよう」と志波が笑う。布団から出ている上半身は裸だ。首筋にはおびただしい数のキスマークがついている。

行為に夢中になって何度も志波の首に吸いついた記憶がある健太は顔を赤らめ、次の瞬間顔色を変えて志波に詰め寄った。

「志波さん、具合はどうですか？　気持ち悪くなったりだるくなったりしてませんか？」

飛びついてきた健太を抱き止め、志波はおかしそうに笑う。

「大丈夫だ。漢方飲んで体質改善したからな」

「いえ、低血圧の方じゃなくて、俺が昨日たくさん……」

「たくさん？」

わざとらしく聞き返されて言葉に詰まった。たくさん光露を吸ったから、と言うつもりだったのだが、たくさんねだったことを鮮明に思い出してしまって赤くなる。

志波は続く言葉を促そうとはせず、代わりに布団の上から健太の背をさすった。

「お前こそ大丈夫か？　どこか痛むところは？」

腰を撫で下ろされて健太の背中が反り返る。「大丈夫です」と上擦った声で答えると、笑いを含んだ声が耳に吹き込まれた。

「そうか？　昨日はあんなにたくさん──」

「いや大丈夫です本当に！　言わなくても平気です！」

志波の声が甘ったるくなって、気恥ずかしいことを言われそうな気配を察した健太は慌てて言葉を押し止《とど》める。志波は声を立てて笑うと健太の腰を抱き寄せ、「ならよかった」と健太の髪に鼻先を埋めた。

志波の腕に抱かれたまま、健太はそっと志波の顔色を窺う。唇には終始笑みが浮かんでいて、以前のようにひどくだるそうな顔はしていない。目の下には隈もないし顔色もいいようだ。全体に充足感がみなぎっている。

どうやら光露を吸うことが志波の健康を損《そこ》なうというのは健太の勘違いだったらしい。ほっと息を吐いた健太の背を、志波が優しく叩いてくれる。安心したか、と言外に尋ねられ、健太は素直に志波の胸に寄り添って甘えた。

「そろそろ飯にするか?」

志波にもう一度背中を叩かれ、壁にかかった時計を見上げる。もうすぐ朝の八時だ。

子供の姿だったときとは違い、今はきちんと空腹感がある。しかし人肌に温まった布団から出るのはなかなか決心のいることで、健太はぐりぐりと志波の胸に顔を押しつけた。

「疲れてるならもう少し寝てていいぞ。その間に朝飯作ってきてやる」

「いや、でも、志波さんも疲れてるでしょうから……たまには俺が作ります」

「少しは料理の腕が上達したか? 台所が爆発なんてしたら大事だぞ」

「……せいぜい卵が爆発する程度です」

「爆発は避けられないわけか」

忍び笑いを漏らし、志波は「朝飯が出来るまでここで待ってろ」と健太の後ろ頭を撫でる。

「でもいつも志波さんに作ってもらってばかりで……」

「いい、俺の楽しみを奪うな」

つむじに唇を押し当てられる気配がして志波の胸に埋《うず》めていた顔を上げる。

志波は健太の目の下を指先で撫で、幸福そうな顔で笑った。

「俺の飯を食ってめろめろになるお前を見るのが好きなんだ」

志波が愛し気に目を細める。カーテンのかかった窓を背に笑う志波を見て、健太は隠しようもなく目の周りが赤くなるのを感じた。

こんなのめろめろになるに決まっている。すこぶる料理上手で男前な恋人が、嬉しそうに自分のために料理を作ってくれるなんて。

自分はもうこの人でないと駄目なのではないかという思いが生々しく胸に迫り、健太は志波の胸に両手をついて体を後ろに引いた。

急に健太が距離をとったことに驚いたのか、どうした、と志波が手を伸ばしてくる。その手を取って、健太はきっぱりとした口調で言った。

「俺、これからも毎日志波さんに朝ごはん作ってほしいです」

健太の毅然《きぜん》とした表情に目を丸くしたものの、志波はすぐ笑顔に戻って健太の手を握り返した。片腕は肘枕をついたまま、からかう表情で健太に顔を近づける。

「プロポーズか?」

「プロポーズです」

間髪《かんはつ》を容《い》れずに健太が言い返すと、志波の顔から笑みが消えた。これまで何度も健太の言葉尻を捕まえては「プロポーズか?」「結婚するか?」などとからかってきた志波だが、こんなふうに肯定《こうてい》されたのは初めてだったからだろう。

健太は志波の手を摑んだまま、熱心に志波の目を見詰めて続ける。

「俺と添《そ》い遂《と》げてほしいです。就職したら、ここで暮らしてもいいですか」

「……ここに住むのか？」

「志波さん昨日言ってくれましたよね。いっそここに住んだらどうかって。それともあれは冗談でしたか。俺がここで暮らすのは迷惑ですか？」

「迷惑じゃない」

反射としか思えない速さで返事をしてから、志波はうろたえたように口をつぐむ。動揺を示すように志波の指先がばたついて、健太はもう一方の手も伸ばし両手で志波の手を摑んだ。

「だったら俺と一緒に暮らしてください。俺の朝ごはん毎日作って下さい。毎日が無理でもたくさん貴方のご飯が食べたいです。志波さんが風邪ひいて起きられない朝は、代わりに俺が玉子酒作ってあげます」

「……卵は爆発するんだろう」

「この家に引っ越してくる前に玉子酒だけはマスターします。両親にも志波さんのこと紹介します。男同士だから驚かれるとは思いますが、志波さんは俺の命の恩人だから無下《むげ》に追い返したりしないと思います。というか、俺がそんなことさせません」

呆然と目を見開く志波に、畳み掛けるなら今だと健太は猛攻《もうこう》を続ける。

「お姉さんにも頭を下げに行きます。志波さんの親代わりの人だから。給料が貯まったら指輪買ってきます。だから、俺と結婚してください」

健太が一方的にまくしたてる間、志波は身じろぎひとつしなかった。健太に握り締められた手は指先まで硬直して、息をしているのかどうかもわからない。

健太はそんな志波を一心に見詰める。

万が一健太に先立たれたら墓を暴くとまで言ってくれた志波だ。墓に入るまで側にいてくれるつもりではないのかと真摯《しんし》に志波の目を覗き込んだ。

志波は瞬きもせず健太を見返していたが、睫毛《まつげ》の先が震えたと思ったら急に忙《せわ》しない瞬きをして、勢いよく健太から目を逸らした。目元にさっと朱《しゅ》が走り、それを隠すように肘枕をついていた手で自身の顔を覆う。

「……不意打ちはよせ」

これまであんなにプロポーズだ結婚だと健太をからかってきたくせに、本気でプロポーズしたら予想外の反応が返ってきた。プロポーズなら渋谷で頼むと、最初にそう言ったのは志波なのに。

「渋谷じゃなくてすみません」

生真面目に健太が謝ると、「場所なんてどこだっていい」とくぐもった声で返された。

指の隙間から見え隠れする志波の顔は赤く、脈ありか、と身を乗り出したら強引に志波の胸に抱き込まれた。よほど赤くなった顔を見られたくないらしい。

健太はされるがまま、息を潜めて志波の返答を待つ。

志波はかなり長いこと沈黙してから、照れ隠しのようにぶっきらぼうな口調で言った。

「……朝飯、赤飯でいいか」

赤飯といえば、言うまでもなく祝いの席に出る料理だ。

プロポーズの返事を料理で示してくれている。

そう気づいた健太は満面の笑みを浮かべると、志波の背中に腕を回して「もちろん！」と頷いた。

あとがき

AFTERWORD

—海野 幸—


　目玉焼きを作ると卵が爆発する海野《うみの》です、こんにちは。

　目玉焼きって、火にかけてしばらくしたらフライパンに水を入れて蓋《ふた》をしてやらないといつまでも目玉焼きにならない（裏が焦《こ》げつくばかりで黄身が固まらない）んだなぁ、ということに気づいたのはいつのことだったでしょうか。今は白身の端が固まり始めた辺りで水を差して蓋をしているわけですが、ふと気がつくとフライパンの中で卵が爆音を立てています。ときどき蓋が飛ぶんじゃないかと思うくらいの勢いなのですが、これが普通のことなのか否か判断がつきません。

　ここまで書いたら自明ではありますが、料理は不得手《ふえて》です。なのにこういう美味《おい》しいご飯が出てくるお話を書くとですね、ときどき「海野さんはちゃんとしたご飯を作って食べてそうですね」と言われることがあって非常に後ろめたいです。作ってない。作ってないなー。おかずは目玉焼き一品とかざらにありますし、目玉焼きはいつも爆発します。

　それでも何かしら料理を作って冷蔵庫に入れておかないと仕事が忙しくなったときに食べるものがなくなって海苔《のり》とかむしゃむしゃ食べる羽目になるので（美味しいので問題はないのですが満腹になるまでに時間がかかる）最近は週末に大量のおでんを作ってしのいでおります。

そういえばおでんに入れる茹《ゆ》で玉子も調理過程で爆発するんですが。水を張った鍋に卵を入れて、火にかけてしばらくしてから見ると、お湯の中で殻《から》から白身がはみ出ている。なんなら朝顔の種が発芽《はつが》したときみたいに、白身が細長く伸びてお湯の中を漂っている。

水の中で静かに爆発したんだろうか。はたまた最初から殻にヒビでも入っていたんだろうかとぼんやり鍋を眺める日々です。卵は扱《あつか》いが難しい。

気がつけば卵が爆発する話ばかりしているので、今作の話についても少々。

今回はディアプラス文庫さんから初の本を出していただくことになりました！　初めてのレーベルなのでどきどきですが、楽しんでいただけましたら幸いです。

ここからちょっと文庫書き下ろし（『プロポーズはどちらで』）のネタばれを含むので、先にあとがきを読む方は薄目で読んでほしいのですが、今回タイトルに『吸血鬼』と入っているわりに吸血鬼っぽくなかったのは、この書き下ろしネタが念頭《ねんとう》にあったからでした。

担当さんとネタの打ち合わせで盛り上がり、吸血鬼ネタで行くことが決まったまではよかったものの、なぜか勢い余って「吸血鬼は肉体的な年齢操作可能」というネタまで盛り込んでしまい、あとから「それってどうすんの」と我に返った次第です。

結局表題作では体が縮むネタまで盛り込めなかったものの、とにかくずっと「吸血鬼は伸縮自在」が頭から離れず。普通に学校の健康診断とか受けてきただろうごく一般的な人間の体が縮むとは……？　もうそれは細胞レベルの変化がないと難しいのでは……！　と悩んだ結果こうなりました。書き終わって改めて、「吸血鬼とは……」と自問しておりますが、たまにはこういう毛色の変わった吸血鬼もいいじゃない、と思っていただければ幸いです。

そして今回イラストを担当して下さったCiel《シエル》先生、ありがとうございました！　ここはもう是非皆様とも喜びを分かち合いたいのですが、いいですよね！　麗《うるわ》しいですね！　健太《けんた》が美人で素晴らしい！　美味しそうにご飯を食べている姿を見てにこにこしてしまいました。志波《しば》も男前でテンション上がる……！　「こんな板前さんがカウンターの向こうでご飯作ってくれるなら健太でなくても通い詰めるでしょ！」と大興奮しました。物語を華やかに彩《いろど》るイラストをありがとうございます！

そして末尾になりますが、この本を手に取って下さった読者の皆様、本当にありがとうございます。ディアプラス文庫で本を出していただくのは初めてなので、もしかすると今回初めて私の本を読んでくださった方もいらっしゃるかもしれません。普段からこういう感じのラブコメを書いております。日常のちょっとした息抜きに、ぱらっと本をめくって楽しんで頂けたら嬉しいです。

それでは、またどこかでお目にかかれることを祈って。

海野　幸

この本を読んでのご意見、ご感想などをお寄せください。
海野 幸先生・Ciel先生へのはげましのおたよりもお待ちしております。

〒113-0024　東京都文京区西片2-19-18　新書館
[編集部へのご意見・ご感想] ディアプラス編集部「ご先祖様は吸血鬼」係
[先生方へのおたより] ディアプラス編集部気付 ○○先生

- 初出 -
ご先祖様は吸血鬼：小説DEAR+ 2018年ハル号(Vol.70)
プロポーズはどちらで：書き下ろし

[ごせんぞさまはきゅうけつき]
ご先祖様は吸血鬼

著者：海野 幸 うみの・さち

初版発行：2019年3月25日

発行所：株式会社 新書館
[編集] 〒113-0024
東京都文京区西片2-19-18　電話 (03) 3811-2631
[営業] 〒174-0043
東京都板橋区坂下1-22-14　電話 (03) 5970-3840
[URL] https://www.shinshokan.co.jp/

印刷・製本：株式会社光邦

ISBN978-4-403-52477-6